Summertime, time, time
Child, thng's easy
Fish are ing now
No, no no o don't you cry
Don't you cry

団塊ボーイの東京
1967-1971

Yano Kanji
矢野寛治

弦書房

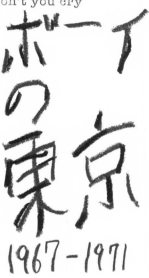

目次

はじめに

昭和四十二年三月の末、春まだ寒き日豊線の田舎駅で東京行の急行を待っていた。乗る直前、母が言った。

「仕送りは、母ちゃんが体売ってでもしてやる。

その代わりに毎週一本手紙を書け」

それが上京時の母との約束だった。

仕送り額三万円、大学へ払う学費を均せば、月に五万円というところであろうか、駅前のしがない飲み屋の売り上げからすれば、大変な額だった。

母は七年前に八十九歳で逝った。私以外に流産の水子が十一体、その供養にと爪に火をともすように貯めたお金で墓所を求め、お地蔵様を作った。

台座に「釈　空風火水地幼童子」と彫った。母は、死ぬが死ぬまでお参りを続け、よだれ掛けを縫ってはかけ替えていた。このお地蔵様を作らなくては、あっちで子たちに合わせる顔がないと思っていた。

私の大学四年間は母の期待に応えることなく、怠惰な日々の親不孝者で、ただ母との約束の週一の手紙だけは出し続けた。私が五十歳になった時、母が押入れの奥から古びた風呂敷包みを出してきた。

「おまえの大学四年間の手紙だよ、取っておいた、もう返そうかね」

一五五通の嘘八百の手紙である。よく勉強している、いい友達ができた、本をしっかり読んでいる、規則正しい暮らしをしている、最後に必ずついてはお金を送ってくれの無心である。酒と麻雀と、映画にあけくれ、肺結核までした。心配ばかりかけた四年間だった。

母を荼毘に付して、骨壺からお骨の一欠けらを取り出し、口にし、噛み砕き、嚥下した。涙が出てきて止まらない、嗚咽が止まらない、声をあげて泣いた。ろくでなし、不出来な息子だった。

両親は大陸から昭和二十一年四月にほうほうの体で仙崎港に引き揚げてきた。田舎町に勤め口もなく、父と二人で引揚者マーケットで飯屋を始めた。三坪の店で、二階が住居。父母と姉と兄と私の五人家族。兄は小学校入学直前に心臓弁膜症で亡くなった。妹は生まれて一週間で黄疸で逝った。弟は月満ちずに死産だった。幼心に母が「うちには…子がのさらん…」と呻くように泣いていた姿と哀しい声を覚えている。

団塊の世代がもう全員七十歳代になった。ニール・セダカ、ポール・アンカ、プレスリー、ベンチャーズ、ビートルズ、グループサウンズ、フォークと時代を引っ張ったふりをしているが、その実薄っぺらいものである。ケネディカット、ＩＶルック、長髪、パンタロン、ジーンズ、七十年安保、平凡パンチ、週刊プレイボーイ、少年マガジン、少年ジャンプ、朝日ジャーナル、上手に就職して「ニューファミリー」と呼ばれた。３ＬＤＫのマンションを買い、白物家電を、マイカーを買い、グルメだテニスだバブルだと、時代の流行を作ってきたつもりかしれないが、大正生まれの父母世代に比べれば恥ずかしいかぎりの人生である。

　すべてのローンをやっと払い終えて、「セールスマンの死」（アーサー・ミラー戯曲）にはならなかったが、これをやったやり遂げたの芯がない。団塊なんて時代の波に乗って、数の力で世渡りして来ただけである。

　今生があと十年あるかどうか、どうせいつかはシャレコウベである。母のお骨のざらつきを舌先で感じながら、自分の無様さと不甲斐なさに大声で泣き続けていた。

1967

昭和42年

上京の旅

私は東京と云う荒野を目指した。

田舎の駅を急行「高千穂」で上京する。

東京まで二十四時間の旅である。通路はおろかトイレの中まで人で溢れている。父母は、指定券発売の前日夕方より駅舎に並んで、座席を確保してくれた。机や布団をチッキで送る。お土産を下宿のおばさんと、各部屋にいる先輩方四人分を持たされる。母より、向うへ着いたら、まず各部屋をご挨拶に回りなさいと重々云われる。東京の街も怖いが、先輩方がどういう人たちか、心配がよぎる。

父より、「仕送りはちゃんと送るから、「三度三度、しっかり飯を喰え、とにかく飯を喰え」と厳命される。隣家からの火事のあとで、家も店も全焼していた。家は真実、火の車だった。「無駄使いをせずに、しっかり勉強するように」とも、重ねて云われた。家の経済事情はよく判っている。大学へ行ける状況でも、身分でもない。しっかり勉強せねばと、決意を新たにする。関門トンネルを渡る。これで九州ともお別れである。

列車の旅は、人を詩人にし、哲学者にする。車窓に映る寂しげな自分の顔を見ては、「しっかりやるぞ」「がんばるぞ」と、自らにムチを入れる。遠くに灯る民家の明かりを見ては、いまごろ父母は何をしているだろうか、と思いを馳せる。夜の帳が人をロマンチストに変える。胸のうちで、「男児　志を立てて郷関を出づ　学若し成る無くんば　復還らず」（僧月性）の漢詩を反芻する。

されども、寂しさはつのる。窓に高校時代の女たちの俤が浮かび上がる。M子の勝気な瞳、T子の紅き口唇、K子の三日月の眉、もう訣別である。多分、人生で二度と相見えることはない、と強がりながら、真夜中の大阪駅を過ぎる。プラットホームには誰もいない。

今からの自分はどうなるのだろう。見上げれば、煌々とした満月が私を追ってくる。母の顔に変る。そっとホームで云われた母の言葉が耳の奥でこだまする。「母ちゃんは…体を売ってでも…仕送りするから…しっかり勉強しなきゃね…」

男泣きに泣いた、上京だった。

翌日、静岡駅を出たくらいから車内が騒がしくなった。「あ、あそこ、あそこ」「あそこに見える」と、高揚した声が方々から挙がった。あわてて、左前方に目をやると、青空の下、白く裾野を広げた名峰富士山が、見事な姿で迎えてくれた。日本一の神々しい姿を、私は十八歳で目の当りにした。田舎の父母にも見せてやりたかった。

しばらく見とれていると、富士が語りかけてきた。「大丈夫、何とか成る。偉くなって、親孝行をしろ」、そう云っているように思えた。

東京駅に高千穂は滑り込んだ。勇躍、ホームに降り立つ。中央線に乗り換え、吉祥寺駅で下りた。地図を片手に、南口から井の頭公園の弁天橋を突っ切り、井の頭に出る。お屋敷町である。スペイン瓦のモダンな邸宅が多い。どの家も作家や画家の家に見える。途中に絵画の研究所もあった。めざす下宿F邸はスイス、シャレー風のおしゃれな家だった。ここでまりの花が揺れながら迎えてくれた。

昭和四十二年春

昭和四十二年、十八歳の春だった。

大分県は中津の田舎から上京し、三鷹市井の頭の下宿F館に入った。閑静な住宅街の、重厚な木製のドアに菱形のステンドグラスが施された、青のスペイン瓦の洋館である。お向いの家から、春風に似あう弦の調べがソヨロと流れていた。お土産に持たされた、自然薯の束が似合わぬ街である。

下宿の小母さんは未亡人で、東京女子高等師範出身の凛とした六十歳代の人だった。二階の一番奥の六畳間が私の部屋だった。下宿には三人の先輩が播据しており、二階洋室に四年経済学部（以下、四経と記す）、他はすべて和室で、私の部屋の右隣が三年文学部（以下、三文と記す）、そのまた向うの部屋に二年法学部（以下、二法と記す）、結界は襖にて、上に欄間が空いている。プライベートは皆無と覚悟する。

小母さんの案内で各部屋に挨拶に巡る。四経の洋室には一間《いっけん》半ほどの本箱があり、マックス・ウェーバーを中心に、経済書やハイデッガー、ガルブレイス、ドラッガーなどが溢れ、三文の部屋も一間の本箱があり、小林秀雄を中心に内外の小説や詩集が溢れ、二法の部屋にも一間の本箱があり、法律書を中心に大江健三郎、安部公房、埴谷雄高、吉本隆明、大西巨人などが溢れかえっている。大学生とはこんなにも本を読むものかと、口笛を吹きたくなった。

チッキで届いていた荷物をほどき、押入れに布団をしまい、文机の梱包を解き、南のお縁側に位置を決める。お縁の向うは欄干で、眼下に庭が広がる。首を伸ばして左の隣家の庭を覗くと、広大な芝生で、大きな旅行会社の副社長の家と聞く。下宿代は朝夕二食ついて一万円である。毎月、先払いであるから、仕送り日までにたとえ素寒貧になっても、二食は食べられる安心感があった。

夕食後、四経の部屋で私の歓迎会となった。サントリーレッドの大瓶とコカ・コーラのファミリーサイズが数本、スルメ、柿の種、ピーナツなどが用意されていた

「矢野くんは今、何を読んでるんだい」と四経が問う。司馬遼太郎の「竜馬がゆく」(この年のNHK大河ドラマで、坂本竜馬を北大路欣也が演じていた)と答えると、「面白いだろう、ページが進んでしょうがないだろう」とほくそ笑む。我が意を得たりと興に乗って竜馬の凄さを喋ると、三文が「十八歳だろう、そんな面白いのは、もっと歳をとってから、ロッキングチェアーで読んでも遅くはない」。二法が続ける、「いま僕等は若い。大脳もいち

ばん働く時だ。若いうちは難しい本を読まなくてはだめだ」。四経がまた後を引き取った。「僕は司馬さんは五十歳になってから読もうと思っている。人生後半の楽しみに取っておこうと思っている」と、洗礼をうけた。

三人の熾烈な議論が朝まで続いた。私は着いていくことができなかった。浅学の屈辱を味わい、明日から狂ったように本を読んでやる、きっとこの書生論議に加わり、リードできる人間になるぞと、ひたすら先輩達のコークハイを作り続けた。

犬の首輪

私はまだ逡巡していた。

第一志望も、第二志望も落ち、一年浪人したものかどうか…。隣家のお兄さんが三田の経済学部に行っていた。彼が落とし止めに、吉祥寺にあるこの学校も受けておくようにと示唆された。東京以外では無名の大学だが、就職は悪くないと云うのが、彼のアドバイスだった。

大分県の中津生まれは、おおむね三田に憬れる。入試問題はさして難解ではなく、三十分で解答し、一番に試験場を出たが、タカをくくりすぎていた。電報は「サクラチル」だった。

高校時代、遊びすぎていたツケが回った。近所の手前もあり、親の期待もあり、三田以外は眼中に無かった。しぶしぶ吉祥寺の学校に願書を出し、受験した。同時に、浪人覚悟で駿河台の予備校にも願書を出していた。

この学校から、「サクラサク」の電報が届いた。合格通知をもらうと、私自身の決意が揺らぎ始めた。とりあえずここに入り、来年また希望校を受験する、そんな甘い策を巡らせた。

　三月の中旬、下宿探しと、入学手続きに上京した。中央線吉祥寺駅を降り、関東バスに乗る。大学前で降り、重い足取りで正門に向かう。心の片隅で、こんな軟弱な大学に行くのかと云う、忸怩たる思いがわだかまっていた。

　正門が近づいてきた。

　大きなタテカンを背に、一人の長髪の男がうずくまっていた。タテカンには、「ベトナム戦争反対、安保反対、無期停学処分撤回」と大書されている。近寄ると、男は犬の首輪を首に巻き、犬のくさりで自分の体を門柱につないでいた。柔な学校と聞いていたが、こ

んな大学でも闘っている奴が居るのか…。その意外性に、少し血潮が騒いだ。男は、ブルージーンズに黒のタートル・ネックのセーター、ジージャンをゴワリと羽織っていた。面長の優男であるが、切れ長の眼には目力が漲っていた。

「何をしてるんですか」

「ハンストだよ」

「ベトナム戦争反対闘争ですか」

「いや、わざと退学になるためだよ。…どこから来たんだい」

「九州の大分県です」

「大分はどこだい」

「中津です」

「ほー、福沢諭吉のとこか」

珍しくて、思わず話しかけたが、仔細は覚えていない。中津の誇り、福沢を知っていたことで親近感をもった。

学生課で彼のことを聞くと、M重工業社長の息子でMという二年生だと教えてくれた。「あまり、近寄らないほうがいいよ」とも、念を押された。この大学でやってみるかという決心は、このMという、犬の首輪と鎖の男に出会ったことで生まれた。

四月、Mは退学になっていた。

私はノンポリの日々を送り、Mは各大学を転戦し、ピース缶爆弾を作り、新左翼のスターへと名を馳せていった。

武者さん

五月病か、少し気鬱な心を抱えて散歩に出た。

井の頭は、私が暮らしたふるさととの界隈と比べると、棲む世界が違うお屋敷街だった。門柱が、赤やオレンジやブルーの瓦が、庭の広さが、塀越しの樹木が、流れ来るヴァイオリンやピアノの調べ、ガレージの大きさ、見たこともないような外車が置かれている。東京という町、十八歳のガキに上を見れば切りが無いとことを、容赦なく教えてくれる。

井の頭公園の南側から足を踏み入れた。

池の北側、つまり吉祥寺側は人であふれている。四月の井の頭は桜満開で、池の縁はすべて桜で覆われており、まるで池が桃色の雲海に浮いているように見える。アベックを乗せたボートもまた空を漂うように見える。弁天橋には花見の客が団子になっており、時折、動物園のほうから鳥の鳴き声が聞こえる。武蔵野美大の連中がイーゼルを立てて、池と桜をスケッチしている。行きかう人々、皆が裕福で幸せそうである。

　我が家は両親共に商売をしており、幼い頃より、家族で花見という行事をしたことが無い。この池面を彩る心奪われる絢爛の桜を父母に見せたいと思いつつも、なぜか人ごみが疎ましく心寂しく、逃げるようにまた池の南側に戻った。南側の道は吉祥寺側と違って、人影をほとんど見ない。木立は太く、枝は繁く、古き武蔵野の面影を濃く深く残している。樹木の間から覗く紅雲のごとき桜を時折り見やりながら、人気の無い道を歩く。悄然と歩く。知り合いも親戚も一切いない東京で、私は踏ん張れるのだろうか。いろいろな思いが去就する。

　前方から、ふくよかにして、かつ矍鑠とした老人が歩いてくる。茶の着物の着流しに、黒の羽二重の長羽織をはおり、らくだ色のマフラーを襟にそって柔らかく巻き、すそを懐に上手に折り込んでいる。薄茶のソフト帽を被り、ツバは前を倒さず、上に少し上げている。黒足袋に、底厚手の雪駄を履き、上質のステッキをつき、近づいてくる。

　見たことのある人である。そう、教科書で見た人である。間違いない、白樺派の大作家である。もう八十歳くらいであろうか。「友情」という小説の最後の台詞が思い出される。

「自分は淋しさをやっとたえてきた。今後なお耐えなければならないのか、全く一人で。神よ助け給え」

　不躾にも私は老人を見据えたまま、すれ違う刹那、思わず踵をそろえ最敬礼をした。老人も一瞬立ち止まり、笑みを返してくれた。

大きな手のひらに包まれた心地がした。
あわてて下宿に引き返し、この僥倖を小母さんに伝えると、
「あら、武者さんに。また娘さんとところに来てたんでしょう。お家はすぐそこの牟礼で、もう調布に引っ越されて大分になります。来る度に公園を散歩されているから、それはようございましたね」
小母さんは、「武者さん」と苗字を省略して云った。私にとっては神様以上の存在、「武者小路実篤」であった。

ラッパとVAN

キャンパスの女どもが、私のことを笑っているように思えた。

どうも私のほうをチラリと見ては、顔をそむけて嗤っているのである。この大学は付属が小学校からあり、富裕な家の子供たちが多い。下から来た男生徒たちは概ね紺色の海軍もどきの制服を着ており、地方から来た者と服装で厳然たる結界があった。

女子たちは今で云うところのＪＪファッションで、テニスラケットかゴルフのハーフ・バックを携えている。制服組ではない男子たちも、当時良く読まれていた「平凡パンチ」の表紙に描かれた、若者たちの格好をしていた。いわゆるアイビー・ルックと云うやつである。細身のコットン・パンツを短めに裾上げをし、アーガイルのソックスに、コイン・ローファーの茶のスリップオンを履いている。

上半身はラコステと云う鰐のマークが胸に入ったポロ・シャツを着、綿麻のＶネックのセーターを腕を通さず、肩に掛けて、袖を首の前で交差させていた。髪型はドライヤーで前髪と、分け目の横を持ち上げ、左右をチックで押さえ込んでいる。

私は田舎時代、勉強はせず、高校時代から喫茶パーラーに入りびたり、酒を飲み、タバコをふかし、ガン切り、ケンカは弱いのに男を売る日々だった。服装はラッパズボンで、黒のドスキン、裾幅三〇~三五センチを翩翻とたなびかせる。革靴は黒の先端の尖ったもので、紐の左右に蛇革をあしらっている。ガクランを脱ぐと、ズボンは赤のサスペンダーで吊っている。まさに絵に描いたような田舎者が、花の東京の軟弱私立に紛れ込んでいる。目標の大学を諦め、浪人もせず、安易な妥協をした報いである。受験勉強から逃れ、さあこれから青春を謳歌するぞと勇んでいるとき

に、田舎時代には見たこともないような、よい匂いのする女たちに、冷笑を浴びせかけられていた。

　下宿の先輩たちを除いて、友も出来ず、まして女の友が出来るわけはなく、それが私のアナクロニズムな衣装にあることに気づくに、そう時間は掛からなかった。昼をぬき、一八〇円の焼き魚定食を八〇円のラーメンに代えて、仕送りの中から少しづつお金を貯め始めた。バイトを捜すにも、まだ東京の東西南北、交通機関もよく分からず、度胸が出ない。飲食店の仕事は多く、もともと稼業だから慣れているのに、なぜか働く気が起こらなかった。

　駅の南口に丸井と云う店があった。学生証を見せ、故郷の住所と親の名を書けば、月賦で商品が購えるというのである。すぐにここの会員になり、VANジャケットのコーナーに足を運ぶ。白のポロシャツ、生成りのVネックセーター、ベルト、ベージュのコットンパンツ、もちろんアーガイルのソックス、タッセルのスリッポンを購入した。ズボンの裾はダブルにし、幅はこれまでのラッパのほぼ半分一九センチ。

　三日後、ズボンを受け取りに行き、私は一気にアイビー・ボーイに変身したのである。

　その日から、故郷の大分弁を封印した。

　卑屈な青春の、第一歩を踏み出した。

ウエスタン・カーニバル

東京は身にそぐわない気がしていた。

いくらアイビー・ルックをまとっていても、どうしても千円を「シェンエン」と云い、電気を点けることを、「火をつける」としか云えず、布団を押入れに仕舞うことも、「布団を直して」としか云えなかった。

学校から戻ると、井の頭駅前の和菓子屋できんつばと破れ饅頭を買い、部屋で一人お茶を飲む。隣家のお内儀の弾く三味線の調べが流れてくる。下宿の小母さんは株が趣味で、いつも日本短波の株式市況を聞いている。三時に銭湯に向かう。一番風呂である。R女学院の寮の前を通る。窓から女たちの顔がのぞくと、見たい気持ちを押さえ、わざと興味ないそぶりで通りすぎる。風呂代は二五円だった。

東京は両手を広げて自分を待ってくれている、と思っていた。すぐにガールフレンドができて楽しい日々が展開するものと思っていた。日活映画の湘南族のように、加山雄三の若大将のように、はたまたペギー葉山が歌う蔦の絡まるチャペルのように。

世の中は甘くない。ただ井の頭の池面の水を眺めているだけの日々だった。今に見ていろ、いつか俺は、と虚勢を張り、ただ本を濫読する。本を濫読する寂しさが分かるだろうか。青春を満喫できない者の最後の砦が濫読なのである。多くを付け焼刃し、友との議論に打ち勝ち、詭弁を弄し、ねじ伏せたとてそれが何になる。

田舎に帰ろうかな、そんな弱気が脳裏をよぎる。母の働いている姿が浮かぶ。母は信心深く、家族の安危をいつも見立ててもらっていた。お払いの先生の口癖は、「帰る道はないぞ、戻る道はないぞ」だった。笈を背負いて田舎を出て、なんの顔をもって田舎に戻れようか。高村光太郎は、「僕の前に道はない僕の後に道は出来る」と書いたが、私の場合、後にも道はないのである。

ラジオの深夜放送で、「日劇ウエスタン・カーニバル」のことを知った。状況も何も、まだそれ以前の暮らしなのに、深夜に「状況打破だ」と叫んだ。初めて有楽町という、フランク永井の唄で有名な駅に降りた。日劇は駅のまん前にあった。円柱形の珍しいデザインである。すでに十重二十重に列が並んでいる。ほとんど女の子ばかりである。場違いの最たる中に田舎モンは肩に綿のVネックのセーターを掛けて並んだ。ザ・タイガース初登場のときだった。平尾昌章、山下敬二郎、ミッキー・カーチス時代の気違い沙汰は一切なく、静かに「僕のマリー」を聴き、「シー

サイド・バウンド」で乗った。同世代の男たちがもう世に出て、名を成そうとしている。ザ・スパイダースの堺正章は妙に元気よく、ザ・テンプターズも出ていたが、まだヒット曲「神様お願い」の前だったと思う。ザ・カーナビーツ、ザ・ジャガーズ、スターたちの王子様ルックを見つめていると、すでにアイビーさえ、この都会では古い物のように思えた。

♪若さゆえ悩み　若さゆえ苦しみ　を耳の奥で反芻しながら、再び一人中央線で、暮れなずむ東京の街を、吉祥寺へと戻っていった。

ラクゴ者

下宿の隣室の先輩が唸っている。

何を唸っているかと云えば、下手な落語である。オチケン（落語研究会）に所属し、落語家を目指している。下宿はふすま越しであり、先輩はＮＨＫやＴＢＳラジオの落語番組を漁り聴きする。

お互い音を発てぬ様に息を殺して暮らしているのだが、落語の時間だけは音量を開放し、共に楽しむ。いちばん笑わせてくれるのは、やはり林家三平、雀の巣みたいな頭をした人である。なにかと言えば、「よしこさーん」を連発する。古典はあまりやらないが、先輩は「この人の『源平』は凄いものだぞ」としたり顔で言う。次は柳亭痴楽、顔面相だけで笑わせる噺家である。七五調の練りに練られたテンポの良い口上で、「柳亭痴楽はよい男」と掴みから強引に笑いに持っていく。

先輩に「落語名人会」に誘われた。

初めて「寄席」なるものに行くのかと、胸高鳴る思いで、先輩に続いた。霞ヶ関にあるイイノホールという非常に立派な建物で、とても落語をやるような佇まいはしていない。さすが「名人会」と銘を打つだけあって、普通の寄席ではやらぬものかと一人合点する。館内は銀座の高級なお蕎麦屋さんに集っているような、ご年配の紳士とその奥方様といった塩梅である。落語の客層がこんなにもインテリジェンスがあり、高級なものとは知らなかった。

「今から出てくる五人を聴いて、落語の何たるかを知れ。最高のラクゴ者ばかりだ」と先輩からアドバイスを受ける。

トップに、四代目三遊亭圓遊、にこやかに腰を低く出てくる。品の良いタヌキみたいなおじさんである。演目は「野ざらし」、笑いに笑わせてくれる。シャレコウベも大切にし

なくてはと思う。

次に、五代目柳家小さん、これまたにこやかに登場。座布団に座ると、まるで超特大のおにぎりに見える。演目は「時そば」。「今、何刻だい」を、私はしばらく随所で使っていた。

次に、六代目三遊亭圓生、背がスラッとした、面差しのいいおじさんである。お江戸の粋を感じさせる。切れ長の美しい目を時々大きく剥く、この表情がまた面白い。口調が独特で立て板に隅田川の水と云う心地よさ。演目は、「五人廻し」。遊郭で目当ての遊女を待っているが、中々来ない。妓夫太郎と客のやりとりが面白い。今でも私は、「ちょっと」を「ちょいと」と言う。圓生のせいである。

次に、八代目桂文楽、姿かたちのきれいな可愛いおじいさん。目がキュートでくるくるしている。声質が少し甲高いが、そこが粋なのである。「ああたねぇ、そりゃーいけませんよ」が耳に残る。演目は、「悋気の火の玉」。死んだ後も、本妻と権妻の悋気合戦。実にどうも、面白い。

最後に、八代目林家正蔵、矍鑠とし背筋まっすぐの侍といった風情。落語家には珍しく袴を着用している。演目は、「文七元結」。江戸の庶民の気風が偲ばれる人情噺である。後の彦六だった。

唯一の友

東京は排他的である。

とくに私の行った大学は、附属が小・中・高まであり、こぞってエスカレーターで上がってくる。皆、小学校からの友を持ち、あえて新しい友を作る必要はない。仕方なく、地方出身者は地方同士で友を作る。地方出身かどうかは簡単に判別がつく。言葉になまりがある。東京弁の粋なテンポと洒脱さがない。私なんぞは、「せ」の発音が「しぇ」となる。「ぞ」が「ど」となる。雑巾を「どうきん」と発音する。象を「どう」と言う。これだけで東京っ子には笑われる。

畢竟、無口になっていく。実に皆、教室では一人ぽつねんとしている。中教室でも、大教室でも、出口に近い後方で、淋しそうに中空を見つめている。附属上がりは別に地方出身者を気にも留めない。なんだか居心地が悪く、キャンパスがうそ寒い。いつも空ろな気持ちで吉祥寺駅までを歩き、井の頭公園を抜け、下宿の部屋に篭り、ひたすら読書に逃げる。

一般教養に「福沢諭吉論」があった。

慶応大学でもないのにフクザワかと、怪訝な気持ちで申し込む。中津出身の私としては、これは取らなくてはならぬ講座と考えた。幼い頃から、中津駅の「天は人の上に人を造らず。人の下に人をつくらず」の扁額を見上げながら育った。福沢旧邸の敷地の中でかくれんぼをし、諭吉が勉強した土蔵の二階に隠れたりもした。裏手に、古門富太という矍鑠としたじい様が住んでいた。諭吉の最後の弟子と云い、直に福沢の謦咳に触れたという。小学校時代、そのじい様の家に上がり、福翁自伝の講釈などを聞いていた。

講座に生徒は少なく、小教室で、横に笑顔のいい、Ⅳルックの男が座った。親しげに、

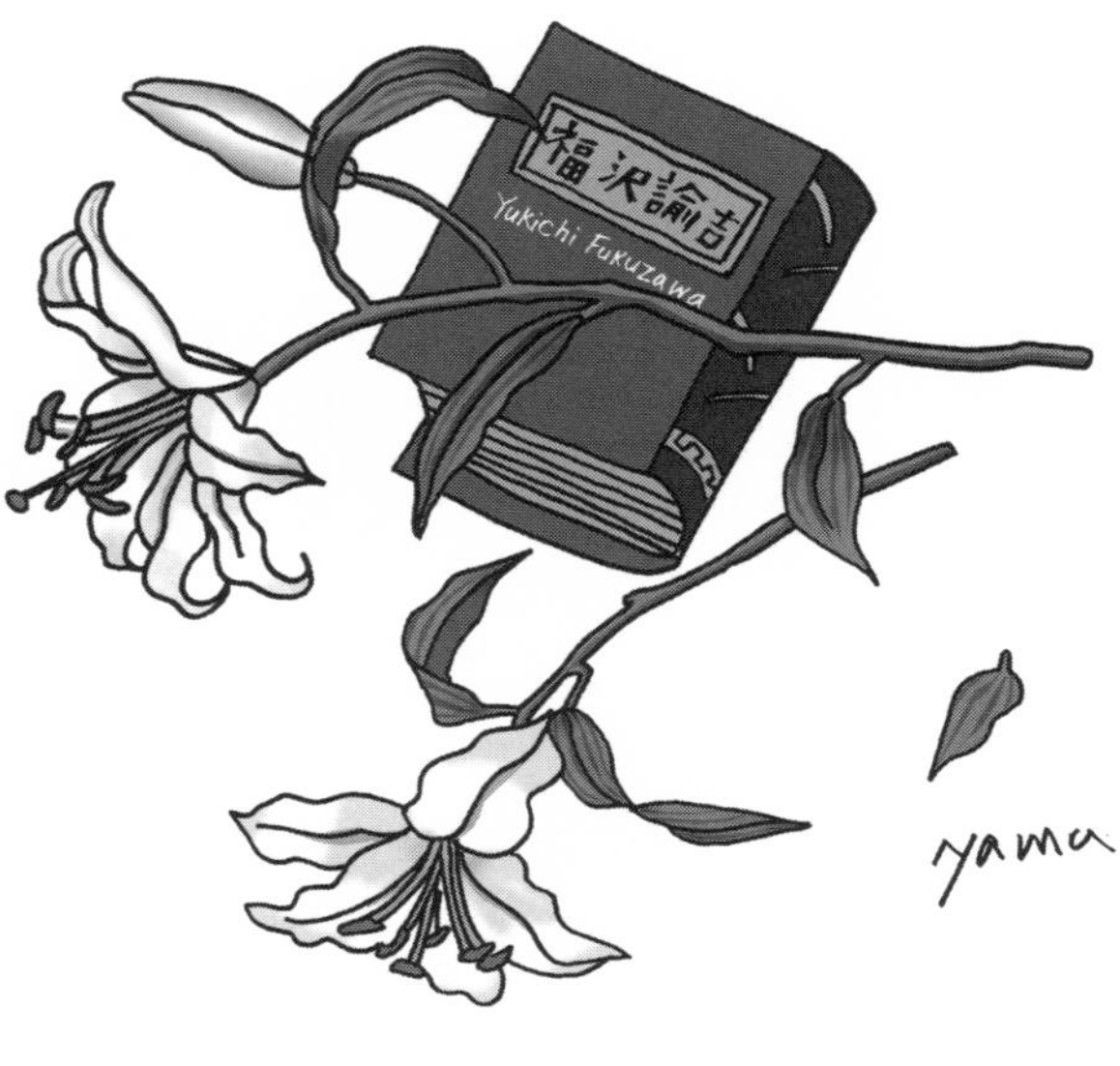

「なんで、福沢なんか、取るの?」

「生まれが、大分県中津なんだよ」

「へー、僕も祖父が大分県なんだよ」

「大分は、どこ?」

「大野郡だけど、竹田と云ったほうが、分かりやすいかな」


名を朝倉と名乗った。大分県出身で朝倉と云えば、朝倉文夫という高名な彫刻家がいる。尋ねると、祖父だという。彼は、附属からの上がりだったが、気さくに、威張ることなく、旧知のように打ち解けた。同県人のよしみとして、授業では必ず横に座り、昼食も喫茶も共にした。

ある日彼から、ドライブに誘われた。やっと免許が取れたと勇み、運転をしたくてたまらない風情だった。その日はあいにく、家庭教師のアルバイトがあり、行きたかったが、どうしても付き合えなかった。彼は伊豆を一周してくる、と云って別れた。

翌日、学校で朝倉が死んだ事を聞いた。伊豆のカーブを曲がりきれず、ガードレールに激突したとのことだった。すぐに文京区大塚の家に向かった。素敵な洋館が並ぶ住宅街で、キリスト教での葬儀だった。参列者が賛美歌を歌っている間中、私は遺影を見つめていた。田舎者の私に声を掛けてくれた、唯一の友だった。あれから五十二年が過ぎた。今でも満月を見ると、あいつの面影が浮かぶ。なぜだか、泣きたくなる。

デラシネvs闇市

土曜日の下宿の夜は、徹夜の討論会である。四年生の部屋に集り、政治経済、文学、世事万端、青二才たちが付け焼刃で甲論乙駁する。

夕食が終わり、近くの銭湯に集団で行き、女子大の寮を冷やかし、十時くらいまでに、一年生がサントリーレッドとコーラのファミリーサイズと、乾き物を用意する。お金は四年生と三年生が工面する。一年生は買出しと、まかない方を務めるが、何にしてもただ酒が呑めるのである。酒の飲み方、マナー、ルールも教えてくれるのだから、こんなありがたい事はない。一滴も飲めなかった私が、先輩の「一吐一合」の教育により、酒に飲まれず、酩酊しても背骨をまっすぐ張れたのは、下宿のおかげである。

その夜は、当時売り出し中の、「野坂昭如対五木寛之」論となった。

四年生「野坂と五木、どちらに軍配を上げるか?」

私「顔立ちは断然五木でしょう」

三年生「顔で云えば、吉行（淳之介）の方が優男だ。野坂はサングラスで眼を隠している。どこか気が弱いのかもしれない」
二年生「あれはプレイボーイと云われてる。たんに伊達メガネじゃないでしょうか？」
私「野坂は遊び人で、五木は律儀な感じがします」
二年生「野坂はキック・ボクシングをやっている」
私「五木もボクシングをやってたんじゃないかなぁ」
三年生「まあ、そのあたりはよく分からないが。小説の中身はどうなんだ」
私「エッセイは断然五木でしょう。週刊読売の『風に吹かれて』は青春の入門書と云えます」

四年生「確かに、五木のエッセイは心の中、内面を見つめて、人間を描いてくる。琴線に触れる話しが多い」
三年生「小説で云えば、それは逆転する」
私「野坂の方が純文学と云うか、人間を見つめている。野坂のはどこへ走っていくか判らない魅力がある。五木は起承転結の骨格がしっかりしている。しっかり箱書きを作っているのでは…」
四年生「つまり、野坂のは破綻があり、五木には破綻がないと言う事かな」
二年生「マスコミでは、野坂は焼け跡闇市派、五木はデラシネ引揚派と呼ばれている」
私「五木はストーリーの変化が面白い。野坂は戯作で、多分、嘘八百で書いている。そこが魅力」

四年生「たとえば?」
私「浮世一代女、エロ事師入門、すべて性の世界を描いていますが、重く濃い。文体も泉鏡花風で、だらだらと続きますが、リズムがよい。五木は現代を描いてくる。文体は軽快でテンポがよく、奇妙ケテレツな修辞句を使わず、コラム調に近い」
三年「五木の何を推す」
私「やはり、『さらばモスクワ愚連隊』『蒼ざめた馬を見よ』の二作でしょう」
二年「そのどちらかと、問われれば、蒼ざめたの方ができが良いと思います」
四年「百年後、野坂と五木、どちらが日本文学全集に入ると思うか?」
五十三年前、生意気な学生たちは、ここからデラシネ派と闇市派に別れて、熾烈な議論

を夜の白むまで行った。
どっちに軍配は上がったか、ウムムムー、それはヒミツなり。

汚れつちまつた悲しみに

授業を終えて下宿に戻ると、玄関の洋タイルの上に、女物の靴が二足きれいに並べられていた。

小母さんが直ぐに居間から出てきて、「お友達が来ていますから、お茶を出しておきましたよ」とにこやかに云う。

「Hさんと、Kさん、どちらも津田塾だそうですね」

「ああ、高校時代の同級生です」と答え、私は二階の部屋に急ぎ足で上がった。襖を開けると、二人ともきちんと正座し私の帰りを待っていた。

Hが、「今ね、みんな何んな所で暮らしてるか、二人で見て回ってるの」と云う。

Kが、「しっかりとした小母さんね、いろいろ訊かれたわ。学校はどこかと訊かれたので、津田と答えたら、部屋に上げてくれたの」

私の居た高等学校はもちろん男女共学だが、クラス五十五人体制で、ほとんどが男であり、女性はHとKを入れて五人くらいしかいなかった。当然、女生徒の美醜はさておいて、みなマドンナであった。同級生たちの話に夢中になっていると、再び小母さんが和菓子をもって現れた。当時、お茶の水、東女、津田、日本女、関西の奈良女といえば、男生徒以上の優秀な人が行く学校だった。

私の成績はあまり芳しくなく、この両女に試験で優った事はなかった。私の花の時代は中学で終えていた。中学時代は学年全体で三六〇人ほど、一学期ごとに実力試験があり、廊下に一〇〇番までは名前と五教科の点数が貼りだされた。これでも、五番と下ったことはなく、何回か全校一番も取っていた。Hが素っ頓狂に云った。

「あれ、私、カンちゃんに負けた事があったっけ？」

「あったよ、一度は確かにあったよ」

Hは怪訝そうに考え込んでいた。

Hが常に女性ながら全校トップを続けていたことは事実だが、何度か一矢を報いている。Hは少し不満気な顔で、あすは東大に行ったUの下宿と、三田に行ったYの下宿に行くといった。

私は高校で急速に成績が落ちた。色気づき、酒を覚え、煙草を覚え、下手の考え休むに似たりな「人生」なんかを考えてしまった。デカダンス文学に浸りだしたら、もう奈落の一途である。数学の時間は、文学界や群像を読んでいた。もっとまっとうに勉強をすればよかったが、後の祭りである。

その夜、元気の無い私を先輩が「ストリップ」なるものに連れていってくれた。中央線東中野駅北口に小さな劇場があった。べつに面白いものでも、高揚するものでもなかった。最後は日舞で芸者姿のお姐さんが徐々にもったいぶって脱いでいく。腰巻ひとつになり、出べそに座っている私のメガネを取り上げた。メガネは彼女の股間でこすられ、レンズが曇って戻された。中原中也の詩が脳裏の底から這い上がってきた。

「汚れつちまつた悲しみに　いたいいたしくも怖気づき　汚れつちまつた悲しみに　なすところなく日は暮れる」（「山羊の歌」より）

下宿のルール

この井の頭の下宿は女人禁制である。

ある日、三年の先輩が、小母さんに無断で部屋に女性を上げたことが露見した。これだけは入居時の厳重な法度であり、先輩は退居することになった。襖だけで仕切られた部屋ばかりで、異なる行状に及んだとは考えられないが、隠密裏に事を運んだことが、小母さんの逆鱗に触れた。

「ルールは、ルールですからね…。このことは、お里のご両親には何も伝えませんから、ネ…」

下宿のルールは入居時に縷々云われていた。

一番のご法度は女人問題で、深夜帰宅は大目に見られていた。それぞれに家の鍵を持たせられており、静かに帰れば何のおとがめも無かった。内風呂は使えず、これは小母さんだけで、我々学生は銭湯に行くのが決まり。洗濯機はなく、各自日曜日に風呂場を借りて、タライと洗濯板で洗い、裏庭の竿に高々と自分で干す。部屋の掃除はもちろん各自でやるのだが、共用部分、玄関、廊下、トイレ、前庭、裏庭は小母さんの仕事だった。

玄関を上がって、右奥に入ってはいけない部屋があった。我々は開かずの間と呼んでいた。小母さんが留守の日に覗いてみると、十二畳ほどの板張りの洋間で、窓は上下開閉式の洋窓、窓際に重厚な木製のデスクがあり、これまた重厚な書架がぐるりに置かれていた。書棚には布張りの美しい本や、箔押しの豪華な本が納められていた。デスクの前にはソファー四点セットが置かれ、上から白い布で覆い隠されている。少しめくって覗いてみると、艶のよい革張り鋲止めの高級なものだった。亡きご主人の書斎である。椅子の背は頭まで支えられる丈があり、その後ろ壁には梅原龍三郎らしき薔薇の油絵が飾られ、反対側

の正面には横山大観らしき富士山と桜の日本画が架けられていた。まるで文豪の書斎を思わせた。私はこの部屋に憧れて、小母さんが不在の日はご主人の椅子に座り、庭を見つめ、デスクに肘を突き、手のひらの上に顎をのせて、森鷗外の如くに気取っていた。

食事は朝晩二食付だったので、田舎からの現金封筒がたとえ遅れても、ひもじい思いだけはせずに済んだ。深夜に帰宅しても、台所のテーブルの上に自分の食事はふきんを掛けて置かれていた。小母さんから入居条件として頼まれた仕事は、夜、二階の濡れ縁側の雨戸を閉める事である。戸袋から順に一枚ずつ引き出し、軋むのを両の手で浮かせながら移動させていく。昨年までは隣室の法学部二年の仕事だったらしい。別に難儀な仕事ではないが、朝は小母さんが開ける。きまって朝六時、私の寝ている部屋を通って、濡れ縁側の廊下に出て、ガタピシッギギーッと引き摺る。六時は別に気にならないのだが、私の布団の真横を小母さんはスタスタスタと魔女のように通り抜ける。よって、無様な寝姿を見せる分けにもいかず、いつもきちんとパジャマを着用し、緊張して床に入る。朝まで姿勢を崩さずに眠るから、首を寝違えることが多く、私は首をかしげて、物憂げに歩く癖がついた。

「カ・ネ・コ・ミ・ツ・ハ・ル」

吉祥寺という町にだいぶ馴れてきた。

学校へは、井の頭公園を横切り、吉祥寺駅南口に出て、北口に回り、五日市街道に出て、正門へとたどり着く。五十二年前の吉祥寺駅はまだ高架ではなかった。

南口にスバル座という映画館があり、その近くにピザハウスという店があった。田舎者にとって、「ピザ」なる食べ物は話しにすら聞いた事はなかった。私はおずおずと店に入り、未知の食べ物を注文した。他の客を見ると、みな手づかみで食べている。親指と中指で左右を持ち、人差し指で中折れにして口に運んでいる。とろけたチーズが長く糸を引く。その美味しさはえもいわれず、すぐに母に手紙で知らせた。

学校帰り、しばらくこの店にのめりこんだ。行くたびに、奇妙な風体のじいさまと遭遇した。年の頃は七十歳くらいだろうか。髪は角刈りに近い短髪で、いつも着流しの姿である。ねずみ色の足袋に、藺草の雪駄をつっかけている。ステッキを突いており、スネーク・ウッドの高級な物と見える。一見、カタギには見えず、極道の親分か、金貸しに見える。その風体とはうらはらに、ピザを器用に口にする。ギョロ目の下の隈が深く、顔全体がどろんとしている。

　なぜこのじいさまに興味をもったかと云うと、いつもとっかえひっかえ、若い美しい女性を同伴していたからだ。ある時は四十歳でこぼこ、またある時は三十歳でこぼこ、いずれもしっとりと臈たけており、頬があやしく上気していた。

　日ごとに店のマスターとも親しくなり、ある日、あのじいさまのことを尋ねてみた。

「ああ、金子光晴という、大変な詩人らしいよ」

「カ・ネ・コ・ミ・ツ・ハ・ル…」

すぐに書店に行き、「ランボオ詩集」（金子光晴・訳）を入手する。高一の頃、太宰治、坂口安吾を終えると、当然のごとく中原中也、小林秀雄にたどり着き、続けてランボーとヴェルレーヌへ漂着する。高校生のはしかこそ、ランボーであった。金子はランボーではなく、「ランボオ」と訳してあった。若い人よあまりランボオにのめり込むな、といった丁寧な訳で、頽廃を優しい言葉で覆い隠していた。

金子の文章を読むにつれて、金子の生き方に憧れていった。若き日、細君の森三千代を東京に残し、上海に長く遊ぶ。帰国すると三千代女史は土方定一（美術評論家）と同棲している。港に上がった足で二人の愛の巣に行き、往来から叫ぶ。「三千代、オレがいいか。それともそいつと暮らすか」、三千代はすぐにトランクを持って走り出てくる。ふつうなら、不倫をした妻を叱責し、打ちゃくし、下手をすれば刃傷沙汰になるところであるが、金子はいとも簡単に許したのである。二十歳の頃、そのコスモポリタンの男ぶりに私は惚れた。

ある雨の日、大学の正門前の電話ボックスの所に、老婦人と一緒に居る姿を目撃した。傘は番傘、首にこげ茶のスカーフを巻き、単衣の着物を尻はしょりし、黒のゴム長を履いていた。彼らしい滑稽な恰好が今も瞼によみがえる。

親不孝者

「今月もやっと送れました」

毎月、月末に母から現金封筒が送られてくる。きっちり三万円が入れられている。学生には高額の仕送りである。父母は小さな商売をしている。東京での学生生活にいくら掛かるかの知識は無かった。父母は相談しあい、当時の大卒初任給の手取額に倣った。

いつも母の文面は、無駄遣いをせぬように、しっかり勉強をするように、よく食べ規則正しい暮らしをするようにと書いてある。店の売り上げが厳しいらしく、今月も「やっと」の言葉で文面は締めくくられていた。

上京時の母との約束は、仕送りはするから、代わりに必ず毎週手紙を出すことが必須条件だった。四年間、毎週毎週、東京の一週間の出来事を書いて送った。昭和四十二年の切手代は一五円、図案は紺地に白菊だった。

三万円は、まず下宿に一万円を支払う。内訳は部屋代六〇〇〇円、朝夕二食付なので食費四〇〇〇円。のこり二万円で、一ヵ月を暮らす。一日に均せば六〇〇円の暮らしである。交通費を浮かすために、学校までは井の頭公園を横切って吉祥寺の町を歩く。昼は学食で食べるので、カレーライスなら三〇円くらいだ。親掛かりの身分のくせにタバコを喫う。よってハイライトが八〇円、帰りに仲間とコーヒーを飲む。「ファンキー」と云うJAZZ喫茶でコルトレーンのテナー・サックスに身を任す。残りはほとんど書籍代である。本はウニタ書店で買う。吉本隆明の著書が主力に置かれていた。

　親への手紙には井の頭公園や、上連雀下連雀、大学の欅の四季の移ろいをしたためる。あとは講義の内容、教授のことなどが主である。大学と云うものを知らない両親に、せめて大学の風を届けたかった。母が取っておい

てくれた当時の手紙を読むと、我ながら気恥ずかしい。新宿で酒を飲むこと、大学近くの雀荘で麻雀に淫していることなど、一切書いてない。学校と下宿だけを行き来する好青年が描かれている。私は絵空事を書いている。母の深夜までの労働を思いながら、飲み屋で魂を焦がし、徹夜マージャンの紫煙の中で肺を痛めていた。潤沢な仕送りを受ける度に、安閑とした堕落の身分を恥じ、罪の意識に後ろめたく、あせり、葛藤し、結果、無為な時を過ごしていた。

一発当てようと、小説の真似事を書き、新人賞に応募をしていたが佳作にも掠らない。母の手紙にはそんな夢のようなことは考えず、地に足の着いた勉強をしておくれと書かれていた。とても小説の才などあるべくもなく、それは自身充分に承知していた。

一年目の成績は芳しくなかった。下宿の先輩から、「可」なら教授に云って落としてもらえ、とアドバイスされていた。四年卒業までに「優」は最低二〇以上取れ、可は優と相殺になる。純然たる優二〇以上をと知恵をつけられていた。優二〇以上なら、就職時に学校推薦が受けられるはずだからと。結果は優六、良五、可二、よって優の数は四にしかならない。

私は成績表を母に送らず、握りつぶした。親不孝者である。

1968

昭和43年

はとバス

高校時代はただ大学へ入ることだけが目的だった。大学へ入ってみると、次の目標が無くなった。「優」を多く取り、良い会社に入るということが目的と成りえず、虚しいことに思い始めていた。せめて下手な小説を書くことだけが小さな生き甲斐となっていた。

五十二年前、父母へ送った手紙を読み返している。

「この頃、燃えるものがありません。将来、このままサラリーマンになって、三十三年勤めて定年になるのかと思うと、人生なんか本当につまらないように思えて仕方がありません。ただ惰性で生き、そして結婚し、子供ができ、子供をさも生き甲斐のように糊塗して、サラリーを運ぶだけの人間に堕して、歳をとり、死んでいく。人生って何だろう、国って何だろう、打ち込むものがある三派（学生運動）の連中が羨ましい…」

と、ペシミスティックに刹那主義に敗北主義に書いている。親からの仕送りで食うことに困らない私は、引き篭もって不善なことばかりを考えている。

両親は直ぐに上京して来た。

母は着物で、父は日頃着ることの無い背広にネクタイ姿だ。下宿の小母さんにご挨拶し、田舎の拙いお土産をたんと渡し、息子がいつも通る井の頭公園や吉祥寺の町を歩き、キャンパスにも足を伸ばした。父母は大学というのは初めてで、レンガ造りのクラシックな建物を見て、新京（現・長春）の建物のようだと言った。

下宿は狭くて泊まれないから、両親は大久保に宿を取った。その日は私も泊まり、久々に三人川の字で寝た。

翌日は東京見物をしようと、新宿駅東口から「はとバス」に乗った。皇居、二重橋、銀

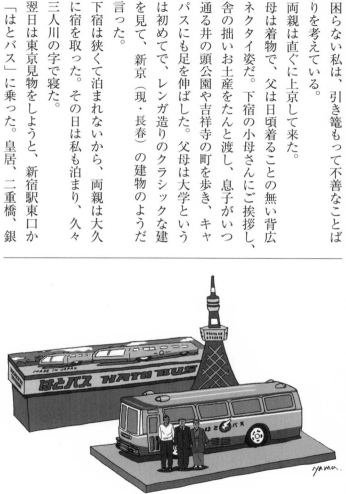

座、浅草雷門、仲見世、東京タワー、明治神宮あたりを廻った。大きなバスにお客は私達三人を入れてわずか七人。ガイドさんが明るくて活発で愛嬌の良い娘さんで、両親はいたく気に入っていた。その夜も大久保に泊まって、翌夕二人は東京駅から夜行寝台で、九州へ戻っていった。私は直ぐに両親宛に手紙を出した。その手紙も手元に残っている。

「この度のこと、早速に上京して頂きありがとう御座います。少し不満を言いますと、あのくらいの文面で慌てて上京する必要はありません。それでは子は育ちません。持たなければならない独立心も生まれません。このままでいくと依存心だけのヤワな男になります。

どうぞもうご心配なさらずに。

はとバス、楽しゅう御座いました。」

親を説教している。どうしようも無いバカ息子である。

すぐに第十二回「小説現代新人賞」の予選発表があった。九十人くらいが残り、最終選考は五人くらいに絞られていた。もちろん、私の名は無い。この賞は第六回を五木寛之氏が「さらばモスクワ愚連隊」で制し、急激に応募数が上がっていた。第十二回を誰が制したか記憶に無い。ただ最終選考に北原亞似子氏の「粉雪舞う」が残っていたことを今も覚えている。

「新宿カツアゲ」

東京に慣れた頃、吉祥寺にも飽きて、新宿を目指した。渋谷や青山、銀座を目指す時はＶＡＮの衣装で身を固めるのだが、新宿へは昔のラッパズボンで向う。当時、石津謙介が云ったＴＰＯである。

東口を下りて、歌舞伎町に入る。田舎者にとって、この巨大な飲み屋街は驚嘆である。Ｔ大やＫ大の花の応援団たちが、特大のハイカラーで首を伸ばし、膝丈まであるガクランで街を流している。

新宿コマ劇場まで来る。

ひばりさんが演っていないかなぁと看板を見上げたが、宝塚だった。演目は覚えていない。お上りさんのごとくコマの前を右往左往し、コマの奥から区役所通りに出た。右に三光町の方へ歩く。しばらく歩いていると、体の左右にぴったり、二人の男が張り付いた。同じ歩調で歩く。

「何処から来たの」

「吉祥寺」

「ふーん、（生まれは）東京か」

「いや、九州です」

左右に居るので、顔が見えない。

「金、貸してくんない」

一人が逃げないように、ベルトの後ろを摑んでいる。気配ではもう一人、後方に居るようだ。観念して、財布を出す。百円札の板垣退助をすべて抜き取られ、「吉祥寺までの、電車賃」と云って小銭だけは返された。財布を仕舞っている間に左右の男は居なくなり、振り向いてもすでに影さえなかった。

東京の恐喝（カツアゲ）は鮮やかなものだ。後方から静かに近寄り、左右に付き、少し後ろを歩き、金を得ると瞬時に消える。電車賃だけ見逃すのも、気が利いている。区役所通りは危ないとは聞いていたが、あまりに案の

定なので、笑止の嗤いが込み上げた。

　私の主力部隊は靴と靴下の間に隠していた。そう頓馬なことはしない。岩倉具視や伊藤博文はしっかり温存できた。都電の線路沿い（昭和四十五年に廃線となる）を歩き、ゴールデン街に向う。一間幅も無いほどの狭い路地である。

　私の母の店も、狭い路地の一番奥にあり、故郷に帰ったようなデジャヴューを感じる。両脇に小さな飲み屋が軒を連ねており、低い二階には人が暮らしているようだ。街の入り口におかま達がたむろしている。皆、背が高く、肩幅が広い。通りの中には入らず、また出口の辺りで煙草をくわえ、客を物色している。化粧は濃く、目の周りは丸山明宏、もしくは紅テントの四谷シモンを思わせた。


「ボク、あそぶ」と、低く甘い女声で声を掛けてくる。どんな飲み屋街も、特飲街でも、幼い頃から慣れているから怖くは無いが、さすがおかまには慣れていず、尻尾を丸めてこの街を抜ける。

　末広亭のそばまで戻ると、「熊本」の字が目に飛び込んできた。東京で突然、九州に出遭った。あの時の桂花ラーメンの美味しさは今も忘れない。

ケツネうどん

私は自分で、自分のあだ名を付けていた。その名も「ロベスピエール」、東京の夜の底を這いずり回っていた頃、気位の高い野良猫の名を状況劇場から拝借していたのだ。

紅テントの中で、李麗仙が低く開き直った声で唄っていた猫の名である。テントの中は田舎者ばかり、みんな花の東京に出てきて、何かが開かれると思っていたのだろうが、そうは東京は下ろさない。いっそう孤独の黒い闇に包まれ、都会の怜悧な砂地獄に堕ちていく。田舎への手紙は、親に心配をかけまいと、いかにも青春を謳歌しているかのように虚勢を張る。虚勢こそが青春である。虚勢、去勢…東京は淋しく切ない街だ。

その苦衷を四十余年前、紅テントに救われた。何んなんだこの肉弾戦は、この無頼、この汗、この唾液の飛び散り、喧嘩のような見得、香具師を思わせる野太い声。以来、トリコとなり、新宿花園神社「腰巻お仙」、新宿西口中央公園の「振袖火事」「少女仮面」「少女都市」と追いかけ、西武パルコ前の空き地で「吸血姫」、さらに夢の島、不忍池「二都物語」と追いかけた。私はまだ二十歳のお上りさんだった。

ただ勢いだけの、肉体派ハチャメチャ劇である。紅いテントの中にいると、なぜか大都会での孤独を忘れた。みんな両のこぶしで腰を浮かせ、奥へ奥へと体をずらせて行く。知らぬ他人と密着し、大靍夫婦（唐十郎と李礼仙）の劇を観るのである。今思えば、あのテントの中は私の阿片窟だった。道化のような唐十郎に酔いしれる。悪魔の魂が体の中に潜りこんで来る。ハイミナールより効き目がすばやく、似非の度胸がめらめらと胸中に巣食う。全身が麻痺してくる、何でもできるような大きな気になる。そこに唐の唄声は官能的に甘くのしかかってくる。この新宿で堕ちて、アウトローになって、廃人になって生きて行けと唄はそそのかすのである。四谷シモンが着物姿で、ゆるく胸元をはだけて出てくる。メケメケの丸山明宏より美形である。蓮っ葉な女声で歌う。その歌は、与謝野晶子の「君死にたまふことなかれ」から本歌取りしたものである。

♪をとうとよ　君死にたまふことなかれ
この世に生まれて　かげろうの
短き日々の羽ばたきなれど
女ひとりも泣かさずに
なんで男が華と散る
人生街道ひた駆ける
あたいの胸でゆであげた

ケツネうどんも食べないで♪

（作詞・唐十郎）

ロベスピエールは考えた。そうだ、女を泣かさなければ一人前の男とは云えない。もう成人式も終わっているというのに、輾転反側、李白のごとく未だ洞庭湖で遊んでいる。

その夜はゴールデン街の安酒屋で死ぬほど飲み、二丁目に河岸を変える。次の店に着くまで、火炎放射器のごとく吐きながら歩く。視界がおぼろげとなり、足に力が入らない、腰の骨は誰かに抜き取られたようで、自分の反吐の上に倒れ込みながら、「ケツネうどん、ケツネうどん」とうわ言のように叫び続けた。

朝起きると、新宿駅のごみ箱の中で寝ていた。きっと花園神社のケツネに化かされたのだろう。

ＡＴＧ少年

中学三年のとき、ラジオドラマ「戦国忍法帖」が放送されていた。脚本は佐々木守という男で、荒唐無稽なストーリーだった。

東京の女子大に行っている四歳上の姉から、佐々木守に会い、食事をご馳走になったと聞いた。姉の一番の友だちが佐々木の妹だった。大分県から上京した姉と、石川県から上京した田舎者同士、ウマが合ったらしい。幼心に憧れの脚本家であり、私も上京したら、いつか佐々木に会いたいと思っていた。残念なことに、私がS大に入学するのと入れ替わりに姉は大分に戻り、県の保健所勤務となった。

上京してすぐに、「日本春歌考」（大島渚監督）を観た。脚本の一人に佐々木の名前があったからだ。東京受験、性への妄想、ベトナム戦争反対、多くの矛盾を内包し、かといって錯乱も無く、青春はあやふやに過ぎていく。映画は時代と同時進行でなくてはならず、時代の悩みと問題点を抉らなくては存在理由がないことを教わる。この脚本は主に佐々木だろうと思った。

新宿にATG（アートシアターギルド）の映画館があった。アートシアター新宿文化である。我々学生は長髪にして、フレアードのGパンを穿き、ヒールの高い靴を履き、少しでも足を長く見せようとズボンの裾を踏んで闊歩していた。小脇に羽仁五郎の「都市の論理」、朝日ジャーナル、大江健三郎の「万延元年のフットボール」、内側の見えないところに平凡パンチを隠し持つ。風月堂でコーヒーを飲む。田舎者にとって風月堂は入るだけで度胸がいる。みんなが眼を切り、睨み合う。よってサングラスが必需品となる。空気に負けないための武器である。高嶺の花、レイバンが主流行だった。その点、原宿の喫茶「レオン」あたりは軟弱で、新宿ほどの緊張感はなかった。

ATGで「無理心中、日本の夏」（大島渚監督）を観た。また脚本の一人に佐々木の名前があったからだ。つまらない作品だった。佐々木独特の荒唐無稽さがなく、あまりにも終わり方が観念的過ぎた。えこひいきだが佐々木はこの映画の台本の中心を成していないだろうと思った。

翌年、「絞死刑」（同）を観た。やはりシナリオの一角に佐々木の名を見たからだ。これは共同脚本にしては佐々木色が強く、多くの問題を提起した力作だった。七十年安保世代に、死刑制度、在日朝鮮人問題、国家権力の笑えるような矛盾をドカンと中心に据えていた。

佐々木は映画では直球の重い球を投げ、テ

レビでは緩い球を投げていた。テレビ「ウルトラマン」では、演出の実相寺昭雄と組み、まるで普通の人間と云えるウルトラマンを描いていた。「お荷物小荷物」は中山千夏を主演にノーテンキな人間模様をチャランポランに描く。

佐々木と実相寺は五分の兄弟分のように思えた。生まれは一年違うが、実相寺が翌年の早生まれで学年は同じである。二人は男同士が男に惚れたホモだったと云っていい。佐々木が六十九歳の二月に川を渡ると、実相寺も追いかけるようにその年の十一月に川を渡った。

妹さんに頼めばいつでも会わせてもらえただろうが、会わないままだった。

雲の上の麻布台

私の行った大学は三菱大学と呼ばれていた。

五十二年前、すでにマイカー通学の者が多く、ほとんどが三菱の車だった。それ以外といえば、多くが外車だった。シボレー、アルファロメオ、ジャグワー、フォルクスワーゲン、ＢＭＷ、お尻のさがったシトロエンが多かった。おおむね三菱グループの大幹部の息子たちで、国産は本家の子に多く、外車は権妻の子たちに多かった。

多くは付属から上がってきた者たちで、我々地方上京組とは髪型も服装も雲泥の差、「お坊ちゃん」と云う感じで小じゃれていた。

有名作家の子たちもいて、「チャタレイ夫人裁判」で有名なＳ・Ｉの子や、日本の自然主義文学の泰斗Ｔ・Ｓの孫や、経団連会長の息子等もいた。

地方上京組が遊ぶのは主に吉祥寺か新宿であるが、彼らは霞町や龍土町であった。今、この地名はない。いわゆる六本木界隈である。緑の多い街並みで、お店のデザインも欧風で気品があった。彼らは車を店の前に止めて、自分の車を見ながらお茶をする。まるでフランス映画の世界だ。六本木に出て、「ニコラス」のピザを食べ、時には「ハンバーガー・イン」でホットドッグを食べる。夜になれば、「マックスホール」と云うＪＡＺＺライブの店でバーボンを飲む。時々、笠井紀美子が唄っていた。

仲間のＴが家が近いから寄っていけと云う。麻布台の豪邸で、門柱から玄関までがロータリーになっている。玄関のたたきは六畳ほどの広さがあり、廊下は一間の幅があった。彼の部屋は渡り廊下を行った離れのような洋間で、ソファーは糊の利いた白いカバーで包まれていた。彼は部屋を出て行き、すぐにオールドパーとジョニーウォーカー黒の新

瓶を抱えて戻ってきた。若いお手伝いさんがグラスと氷と水と、生ハムとアスパラガスをカートで運んで来た。我々仕送りで生きている学生は、サントリーのレッドを飲むのが精一杯で、時に髭のニッカか、サントリーホワイトの時代である。いつか世に出て偉くなったら、サントリーオールドを飲みたいとも思っていた。今でこそパーもジョニ黒も安い酒になってしまったが、当時はとんでもない高級な酒で、学生の分際で飲めるような代物ではなかった。

「夏休みはどうするの?」

「九州へ帰る」

「いいなぁ、九州か、行ってみたいな」

「君は?」

「ドイツへ行く、父の知り合いの貴族の家に。敷地の中に馬場がある、馬術の稽古をしてくるよ」

と自然に言った。

威張るとか、見栄を張るとか、そんな風情はない。Tは当たり前の夏休みを言っただけである。よって当方も、嫉妬とか負けん気とか一切生まれず、ただあまりに雲の上すぎて適わないと思っただけである。東京の学校に来てよかったことは、このとんでもない身分の連中に会えたことである。その暮らしを目のあたりにしたことである。

ゲストルームもあるから泊まっていけと云われたが、さわやかな気持ちで辞去した。坂を下り、都電に乗った。満月が出ていた。

麻雀無頼Ⅰ

大学二年の終わり頃、週刊大衆で「麻雀放浪記」の連載が始まった。筆者は阿佐田哲也（別名・色川武大）である。毎週、積込みの技が書かれている。一年先輩のNのアパートで実践練習をする。大学の正門を左折して直ぐに「武蔵野クラブ」と云う雀荘があった。学生たちは昼過ぎに集結して深夜まで打つ。東京組は家から通っているから少々負けても飯は食えるが、仕送り組は常に背水の陣である。負ければ肉体労働に行くしかない。

この小説を手本にして、積込みの腕を磨く。先ずは「元禄積み」、自分の山に合わせて、上ツモ下ヅモに欲しい牌を市松格子のように仕込む。てっとり速い「爆弾積み」も即座に積み、表ドラ、裏ドラまできちんと仕込んでおく。賽コロの振り方も稽古する。置き賽（サイコロ）をまるで振ったかのように見せるため、手をオーバーに振り、相手の目を晦ます。あとはお互い符牒でサインを出し合い、欲しい牌を台の下から融通し合う。

大学ではほとんど負けることはなかった。

ある日二人で、新宿歌舞伎町のフリー雀荘に乗り込んだ。腕と度胸試しである。四十歳前後の一人は濃紺のスーツでオールバック、精悍な眼をしている。一人は長袖の白の開襟シャツ姿で五分刈り、頬のこけた蒼白い顔をしていた。精悍な方が、「セイガク？（学生）」と訊ねるから、黙ってうなずくと、「学生さんのルールとレートでいいよ」と鷹揚に云う。

「完先（完全先付）でピン、半荘キャッシュ、馬なしでいいですか」とNが応える。

ピンとは日ごろの三倍のレートである。学生は千点三〇円くらいで打っている。それでも学生にとっては高い方だ。ピンとは千点一〇〇円である。もし箱テンになれば、三〇〇

〇円が飛ぶ。四十年前の三〇〇〇円は今の一万五〇〇〇円に相当する。半荘キャッシュとは勝負一回ごとにお金を清算するやり方。持ち金が無くなれば、そこでお仕舞いと云う決まりである。話は決まった。男二人は「完先では打たないから、どうもなぁ」と苦笑いしながら打つ。こちらにツキがあり、仕込技を使う必要もない。深夜の十二時が来た。二人で二万、互いに一万ずつは勝っていた。

「セイガク、今まで君たちのルールに合わせたから、こんどは俺たちのルールでどうかなぁ」と、また精悍が問いかける。蒼白い方は煙草を吸い続け終始無言である。

勝っている手前、何も云えない。頷くと、「ブーマンなんだけど、いいかなぁ」と続ける。Nは一瞬たじろいだが、すぐに気を取り直し受けた。ブーマンは完先とは正反対のルールである。役なしで上がれるうえに、喰いピンもあり、フリテンも捨て牌以外なら当れる。四十男二人は水を得た魚のように蘇る。夜中の三時くらいには勝っていた額をすべて吐き出し、四時四〇分の一番電車の頃には、お互い一万円づつ負けていた。途中何度も積み込みを仕掛けようとしたが、学生相手とは違い、二人の得体が知れず仕込めなかった。

夜明けの歌舞伎町を二人蹌踉と歩いた。駅のトイレでギットリとした顔の脂を洗い落とす。鏡の中の顔に落胆の乾いた嗤いが浮かんだ。

麻雀無頼Ⅱ

一週間後、仕返しに新宿へ行った。

はたして彼ら二人は居た。雀ボーイ相手に打っている。精悍な方が気づき、「お、セイガク」と云った。限《キリ》のついたところで、ボーイ二人は席を空けた。

「今日は何うする？」と精悍が問う。蒼白い方は何も言わない。

「今日は完先とブーマンの中間で、アリアリで何うですか」と先輩のNが云う。

「いいよ、じゃあ喰いピンは無しでいいが、喰いタンはありでいいよな」と押さえ込まれる。

　レートも前回と同じで折り合った。雀ボーイ二人が僕らの後方に陣取っている。壁役（スパイ）をやっているかも知れない。なるべく牌を伏せて、見せぬようにして打つ。蒼白いのが洗牌の時、両の腕を無限大（∞）記号のように交差させて混ぜる。積込む時の腕の動きである。元禄で積んでいるようだ。精悍は別に小細工はやっていないように見える。

こちらは爆弾積みで勝負するが、賽の目が思うように出ない。場替えで、私とNが対面になった。Nが親で私が西家、西の目「七」は確率からして最も出やすい。一と六、二と五、三と四と三通りある。きれいに大三元を仕込めたが、賽の目が出なかった。アリアリのルールも、ブーマンまではいかないにしても忙しい。役造りよりも早い上がりにかける。こちらは完先の癖が付いているから、どうしても役造りに走ってしまう。十時くらいで、二人とも持ち金が底をついた。半荘キャッシュなのでそこで投了した。

帰ろうとしていると、精悍が一杯おごるという。付いていくと、新宿コマ劇場横の飲食ビルの九階にエレベーターで上がった。クラブ「L」と云う高級な店で、フロアーの真ん中のソファーに陣取った。着物のママがすぐに挨拶に来て、精悍の耳元に何か囁いた。ボーイにロングコードの電話機を運ばせた。「うん、なんか元気のいいのが暴れて、金を払わずに出たらしんだ。二人組、二十七、八くらい、二人とも五分刈り、一人は赤のシャツに白黒の千鳥格子のブレザー。うん、一人は額剃りこみ、うん、白の開襟シャツに黒のブレザー。うん、うん、頼むよ」と云って電話を切った。

水割りが出され、チーズとクラッカー、生ハムとキャビア、フルーツと盛りだくさんに出される。学校はどこだと訊かれるから、S大だと答えると、精悍が俺はK大で、こいつはT大だと云う。電話の件は訊いてはいけないと思い黙っていると、「流しの元締めに電話したんだ。流しはいろんな店に入り込むから、チンピラの居場所くらい、すぐに判るさ」と云った。

しばらくすると電話が掛かった。二人は、出かけて来るからゆっくり飲んでいけという。精悍が名刺を出した。「文化放送裏の第五機動隊宿舎そばに事務所がある。遊びに来いよ」と云う。関西の組名が印字されており、東京本部事務所となっていた。どうりでブーマンな筈だ。Nと私は顔を見合わせ、彼らが出かけてから、すぐに「L」を後にした。

以来、あの雀荘には近づかなかった。

勘当息子

母に送った四十余年前の手紙を読み返してみると、書いた自分自身が嫌になる。何かにつけて金の無心ばかりを書き連ねている。

本を買う。洋書を買う。服を買う。靴を買う。度がすすんだとメガネを買い替える。友人と旅行をする。軽井沢や伊豆湯ヶ島に、ドライブ旅行である。夏の海水浴は鎌倉や、ちょいと足を伸ばして伊豆の弓ヶ浜。弓ヶ浜は半弓型の砂浜を持つ、小ぶりな海浜で直ぐ近くに石廊崎の灯台がある。ゼミ旅行がある。主に八王子セミナーハウス、もちろん合宿である。自動車の免許を取ると云う。当時自動車学校は約五万円ほど、これはすべて飲み代に消えて、結局在学中は取らずじまいだった。

夏休み、春休み、冬休みの帰省費用。東京から九州まで特急で四五〇〇円くらいだったと記憶している。あと年四回の授業料の支払いがある。一回分が二万七九五〇円、母に送っていた手紙の中に、大学からの領収書がそのまま入っていた。今に換算して約六〇万円くらいか。月の生活費が三万円、部屋代と朝晩の食費一万円を引くと、二万円で暮らしていたことになる。郵便切手は普通封書で一五円、紺地に白菊のデザイン。速達で六五円、切手のデザインは茶色地に埴輪の馬だった。

昭和四十四年の手紙を読んでいると、余程郵便事情が悪かったのか、現金封筒が九州から三鷹市井の頭まで一週間を要している。郵便局のせいだが、この遅れを手紙で母を責めている。とにかく月末になるとお金がない。まさに素寒貧、下宿の小母さんや隣室の先輩、学校の友人にお金を借りて糊口をしのぐ。文面は「こんな遅れが二度とないように、今後はすべて速達にしてくれ」と居丈高である。下宿に電話はあるが、小母さんにめったなことでは使用を頼めない。しかも居間に置いて

あるから、話の中身がすべて聞かれてしまう。よって往来の赤電話まで走るのだが、十円玉を三〇枚くらい用意しておく必要がある。常日ごろから引き出しの小箱に十円玉を貯めているのはそのためである。けっこう早口でしゃべるのだが、母の「ちゃんと食べているか、体は元気か、学校には行っているか」の繰り言で時間を食う。十円玉は次々と電話機の胴体に吸い込まれていく。

時には電報を使う。当時、ウナ電で四〇円。用紙には宛名欄があり、発信者欄があり、通信文欄は一〇文字×六行である。受け取る側の電報用紙は住所、文面ともにテレグラムで印字された紙が糊で貼られている。もちろん日本電信電話公社時代の話である。国鉄の小荷物が九州から中央線吉祥寺駅置き止めで九

〇〇円。ちなみに吉祥寺に春木屋というメンズショップがあった。今もあるかどうか分らないが、当時バルキーセーターを買った領収書がやはり手紙の中に残されていた。四三〇〇円と記されている。今に換算して約二万円。マンシングのポロセーターが二八〇〇円である。衣類は今より昔のほうがずい分高かったようだ。

とにかくこの子が私の息子であれば、私はとうに勘当している。

ぼくは二十歳だった

ぼくはこの世に生まれた事をいつも憎んで生きて来た。生れ落ちた時から、エデンの東に居た。人間である事がつらかった。
死にたいと思いながら、自決する勇気もなく、緩やかな自殺として、織田作（之助）のように結核になり、障子一面に血を喀くことを夢想した。結核になるには、太宰治の如く酒を呑み、吉行淳之介の如く鳩の町を彷徨い、梶井基次郎の如く檸檬の冷たさを両の手で知ることと思っていた。

学校は面白くなく、一早くドロップ・アウトし、新宿や渋谷の湿気の多い穴倉で、弱い蛇のように生きていた。下宿では、火野葦平の「四百ノ牢屋ニ命ヲケズリ」を机の前に貼り、四百の牢屋に挑んでいた。真っ白の原稿用紙に真っ赤な血を喀く美しさを幻想した。吉本隆明の云う「共同幻想」、まず幻想を抱く事が大事。幻想は状況を作り出し、状況は活路を導き出す。幻想と状況に囚われた者はアナーキーに生きるしかない。アナーキーと

は世間の道徳や常識や習慣を唾棄し打破するところから始まる。手っ取り早いアナキズムは身を持ち崩すことである。大学で単位を取り、できればオール優で学部長推薦や学長推薦を頂き、一流会社に就職し、親の選んだ良家の娘を娶り、ネクタイで自らの首を締付けながら、妻子に三十有余年間給料を運び続ける。定年し細々たる年金を頂き孫を抱く。二十歳で人生の全てはお見通しだった。

高校時代に自殺したMを羨み、ナホトカからソ連に消えたTをも羨んだ。何もする気がない、何をする度胸も覚悟もない。昼過ぎに起きて、三時に銭湯に行き一番風呂につかる。三時に来ているのは紋紋の入った連中ばかりである。やおら着替えて中央線で新宿に出る。キャットやDUGやレフティと云うJAZZ

yama
ふしあわせという名の猫がいる
いつも私のそばに
ぴったり寄りそっている♪

の店に行き、小さなとぐろを巻く。ＪＡＺＺと云っても、コルトレーンあたりを嗜好していたのは私たちより十歳上、六十年安保世代の兄貴たちで、我々はもっとメロディの無い、心を沈潜化させる音を求めた。そう、ヤクの射ち過ぎで死んだソニー・クラークだ。唄なら、ベッシー・スミス。彼女の子供たちが、マヘリア・ジャクソンであり、ビリー・ホリディであり、ジャニス・ジョプリンである。

　しかしその誰を聴いても死ぬ事はできなかった。かつて、ダミアの「暗い日曜日」を聴いて多くのフランスの若者が自殺したと云うが、フランスは幸せだったと云える。

　ある日長髪の友が、新宿の蠍座に凄い女が出ているから行こうという。名は「浅川マキ」と云う。長い髪の黒ずくめの女で、トップライト一本の光の中に幽霊のように立っていた。

♪この次　春が来たなら
むかえに来ると言った
あのひとの嘘つき
もう春なんか来やしない♪
（「ふしあわせと言う名の猫」詩・寺山修司）

ポール・ニザンの「アデンアラビア」の冒頭の言葉が浮かんできた。
「ぼくは二十歳だった。それがひとの一生でいちばん美しい年齢だなどと、だれにも言わせまい。」

無着成恭先生

井の頭公園を散策していると、いろいろな人に出会う。以前にも書いたが、武者小路実篤先生、黒の羽織、着流し、ハット、ラクダの襟巻に、ステッキをついていた。緊張のあまり、すれ違う時、思わず踵をそろえてご挨拶をした。詩人の金子光晴先生は夏で浴衣がけ、尻はしょりをし、ステテコ丸出しで歩いてきた。やはり、条件反射的に踵をそろえてご挨拶をした。

春、無着成恭先生がチャコールグレーの背広姿で歩いてきた。当時私は井の頭四丁目に下宿しており、先生は下宿から直ぐ近くの明星学園に勤務していた。毎夕、彼の「全国こども相談室」（TBSラジオ）を部屋で聴くのが田舎出の私の楽しみだった。先生の山形訛りの「あのねぇ、それはねぇ…」は九州と山形と国は真逆に違っても、柔らかい郷愁を醸し、都会の淋しさを忘れさせてくれた。これが終わると、下宿の晩御飯である。おばさんもこのラジオを聴きながら夕餉を作っていた。

子供と云うが、大学生の私にとっても面白い番組で、今で云うライブであるから、全国の子供達からどんな質問が出るか分からない。回答者は錚々たる方々で、人生の悩みは永六輔先生、体のことはなだいなだ先生、動物や昆虫は矢島稔先生、勉強のことは無着成恭先生、毎日、回答の先生たちは変わったが、無着先生は連日だったように記憶している。

幼い頃、彼が他の先生たちとまとめた「山びこ学校」というクラス四十三人の生徒の作文集があった。今井正監督が現地にロケをし映画化した。映画『山びこ学校』である。無着先生に木村功が扮していた。

映画の中で子どもたちが「トンコ節」を唄うシーンがある。私も飲み屋の子なので、酔客たちが唄う「トンコ節」を覚えて唄ってい

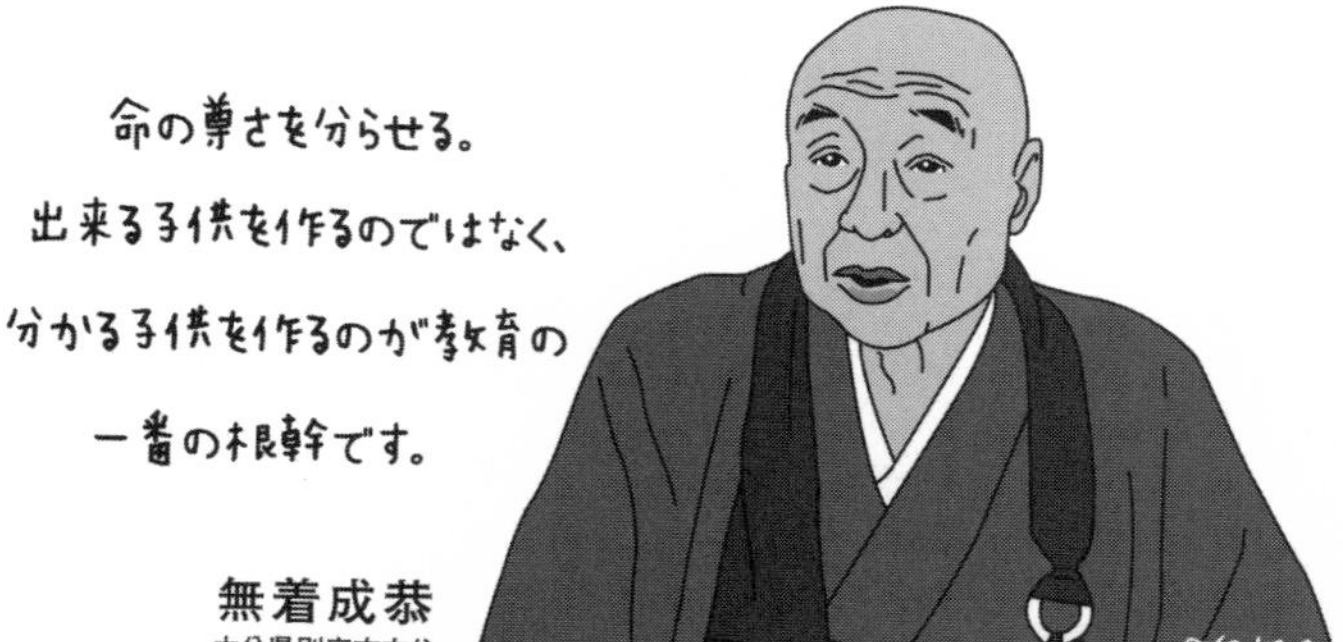
命の尊さを分らせる。
出来る子供を作るのではなく、
分かる子供を作るのが教育の
一番の根幹です。
無着成恭
大分県別府市在住
nama

た。木村功先生が生徒たちに注意する。大人の歌だから、子供が唄っちゃだめだ、そんな表面的な理由ではない。その歌は家が貧しくて借金のかたに売られていった女の人たちの哀しみがあるから唄わないがいい…と。確かに歌詞に、♪さんざ遊んで　ころがして　あとでアッサリ　つぶす気か♪（作詞・西条八十）とある。歌詞はおもちゃのように扱われる花柳界の女性を描いていた。私も唄うことをやめた。

もうひとつ映画『山びこ学校』の中で、私を驚かせたシーンがあった。仙台へ修学旅行に行く。貧しくて修学旅行どころではないが、クラス皆が助け合って働き、旅行費用を作る。旅館で布団に寝られない子がいる。いつも布団もなく板張りに寝ているから、柔らかすぎて寝られんと云う。私も飲み屋の一角の六畳一間に家族四人で寝ていたが布団はあった。蚤は飛び、一晩中、両親は蚤を追いかけていた。それでも、安布団でも敷いていた。もっと上をいく、本当の貧しさ知らされた。

前方から無着先生が近づいてきた。おっとり、ゆったり、のんびり、にっこり。思わず直立不動の姿勢を取り、踵をそろえてご挨拶をした。

丁度いい

田舎町の小さな飲み屋の子に生まれたせいか、幼い頃からどこかニヒルで生きることに白けていた。父母と姉と私四人は店から離れた六畳一間で暮らしていた。それも西陽しか当たらぬ路地の奥の奥である。便所が店にしかなく、夜、催せばいちいち店まで行かなくてはならなかった。泥酔客が小便器にもどしていれば、それを掃除するのは小学生の私の仕事で、ビニール袋に吐しゃ物を貝杓子ですくい、底の目を細い竹串で貫通させ、水を何度も流した。待ってる客に「急げ」と急かされ、謝りながらの屈辱的な仕事だった。

友の家は違っていた。K医院の家は一間廊下で、庭には築山があり、池では鯉が泳いでいた。きれいなお母さんからケーキのおやつが出た。M製氷の家はもちろん築山があるが、池が川のようにつながり、やはり鯉が気持ちよさそうに池から池へ遊弋していた。市長の親戚の家にも築山があり、池があり、おやつにスパゲッティが出た。美しいお母さんだった。K家具の家も築山と池、別に家と家との間に中庭があり土は苔むしていた。お母さんはコーヒーをサイフォンで入れてくれて、ケーキが出た。角砂糖が珍しく、三個も四個も入れてみた。友はハム無線をやっていたり、伝書バトをたくさん飼っていたり、汽車のおもちゃは八畳間いっぱいにレールを連結していた。

幼いながらいろいろ考えた。なんでボクはこんな貧しい飲み屋の子に生まれ、彼らはこんな裕福な家に生まれたのだろう。ボクが悪いわけではない。彼らが優秀なわけでもない。この世は理不尽だ、生まれ落ちたときからすでに階層があり、区別され、差別されている。背丈も、美醜も同じだ。本人が悪いわけではない。それでも世間は美男子や美人を大事にする。

この町がいやで東京に出た。大学で徐々に友もでき、家に招かれるようになった。M君の家は麻布台の高台にあった。門から玄関までロータリーになっており、ロータリーの真ん中に築山があった。本庭はすべて芝生で、燐家との境に森があった。芝生には陶製のテーブルと椅子が置かれ、トンと云うものだと習った。お手伝いさんがコーヒーやお菓子をカートに載せて出してきた。お母さんはちょっとだけ顔を出した。高峰三枝子そっくりだった。品川御殿山のN君の家は全くの洋館で、玄関ホールは三階の高さまで吹き抜けで、家の中にエスカレーターがあった。ここもお手伝いさんが賄いをしてくれたが、お母さんもちょっと挨拶に来た。原節子そっくりだった。両家共に旧軽井沢に別荘があると聞いた。東京を見て、田舎町での嫉妬心は消えた。東京にも嫉妬しなかった。あまりにも突き抜けており、ただ嗤うしかなかった。

良寛さんではないが、宿命を恨むことをやめようと考えた。飲み屋の家も、貧しさも、顔の粗末さも、氏素性も、すべて私には丁度いい。これから遭遇する人生の「幸も不幸も」、やはり私には丁度いいのだろう。すっと瘧《おこり》が落ちた。

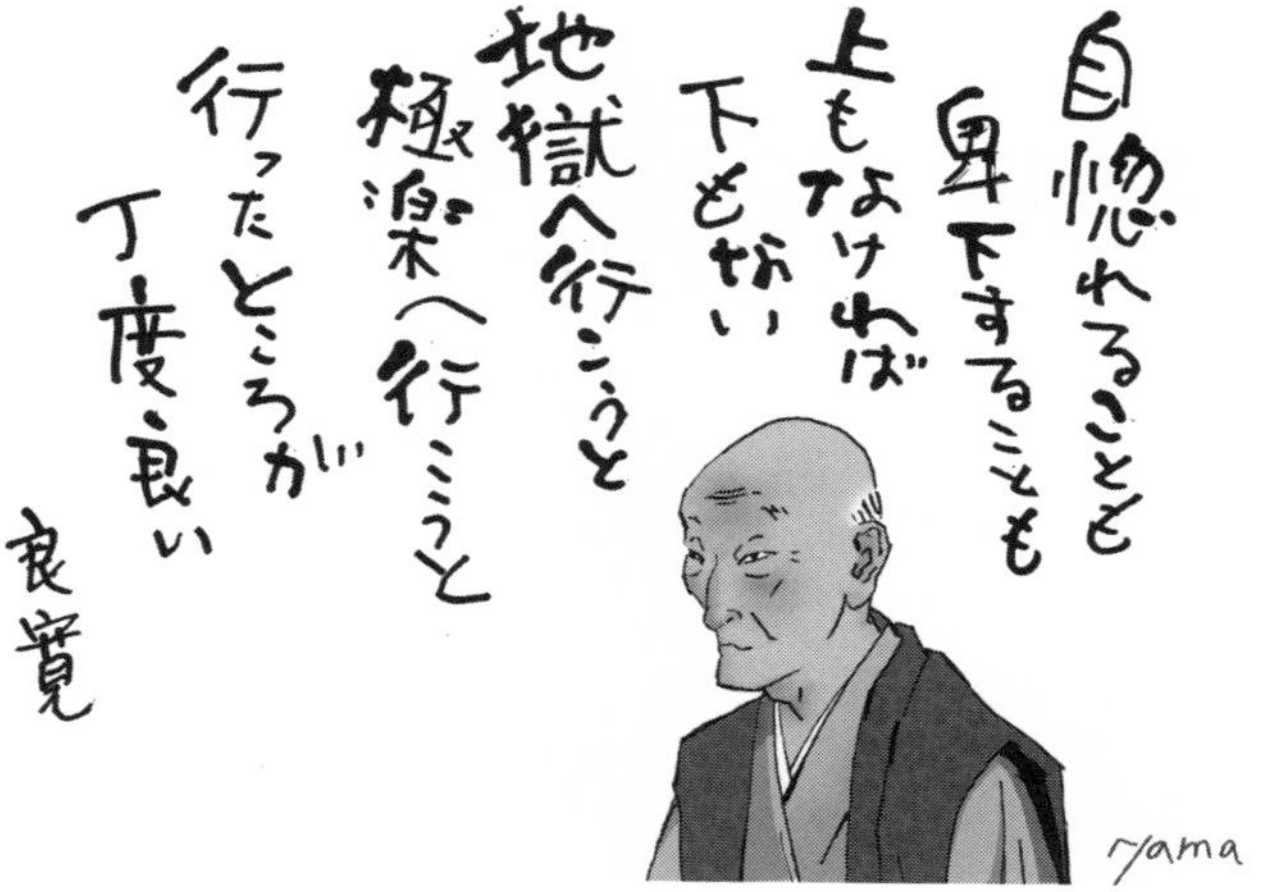
自惚れることも
卑下することも
上もなければ
下もない
地獄へ行こうと
極楽へ行こうと
行ったところが
丁度良い
良寛
yama

1969

昭和44年

骨のある男

古里の隣家のオジサンは昔慶應義塾の理財科（現・経済学部）を出ていた。戦時中はM精糖に勤め、満州の新京（現・長春）にいた。引き揚げて来てからは、会社に戻らず、この田舎町で商売をし、家作を人に貸し、家賃地代で高等遊民をしていた。田舎町の三田会（慶応の同窓会）を運営し、私が幼い頃から、「慶應に行け、慶應に。中津の人間なら、慶應だ」と宣わっていた。いつも月刊文藝春秋を小脇に抱えて読んでいた。ある日、獅子文六が写真ページに出ており、この人は慶應でルーツは中津の人間だと云う。本名を岩田豊雄と云い、文六の父は金谷町の出だと教えてくれた。NHK朝の連続テレビ小説「娘と私」の原作者で、「大番」という小説も当たり、加東大介主演で映画化もされていた。

私が現役入試で慶應に落ちた時、吉祥寺の大学を推薦してきた。まったく名も知らぬ大学で、一浪しようと思っていたが、願書がまだ間に合うとの事で受けた。受かった。すると現金なもので、浪人する気概は失せていた。オジサン曰く、「まあ、就職は悪くないと思うから、しっかり勉強して『優』をたくさん獲れ」とのアドバイスだった。冬休みに帰省すると「勉強しているか」とオジサンが現れた。

「出来立ての経済学部と聞いたが、マル経（マルクス経済学）か、近経（ケインズ経済学）か」と問う。「近経ですよ、いまどきマル経は無いでしょう」と答えると、立て続けに「経済学部長は誰か」と問う。「木村健康、健康と書いてタケヤスと読みます」と答えると、オジサンは「ああ」と云って絶句した。しばらくして、「いい経済学部長を戴いているな」と感嘆した。

昭和十四年、内務省と軍部の圧迫で、東大の学問の自治は阻害され、木村は師である河

合栄治郎（自由主義経済学者）と共に大学を去った。河合門下の三羽烏と云われた、大河内一男（後の東大総長）と安井琢磨（後の文化勲章受賞者）は去らず、木村一人、師と運命を共にした。

オジサンは「骨のある信義のある良い男だ。いい大学に入ったな」と褒めて遠くを見た。

休みも終えて、大学に戻り、本館前のキャンパスを図書館棟に向かっている時、木村経済学部長に遭遇した。分厚い体の村風子然とした、見るからに温厚そうなオジサンだった。

「私、武田ゼミの学生ですが…」

「おお、武田さんところの」

「先日、田舎のオジサンから、学部長のお話を聴きました。僭越ですが、凄く褒められていました」

「何の話かな…」

「河合栄治郎先生と、軍や内務省を敵に回し、大学を去られたお話です」

「ああ、そんな古い話を御存知の人がいらっしゃるんだ。あれは、若気の至りですよ」

「いえ、平賀東大総長粛学事件について、少し勉強してみようと思います」

「いや、無駄とは申しませんが、もっと他のことに時間を使いなさい」

と云って、にこやかに微笑み、両手を下げたまま、手首だけをクルクル水平に回して、経済学部棟に戻って行った。

木村先生は福岡市鳥飼生まれで、旧制修猷館中、旧制福岡高卒だった。

哀愁ＪＡＺＺ

田舎者はＪＡＺＺに弱かった。歌謡曲、演歌、ポピュラー、グループサウンズ、ロックには精通しているつもりだったが、ＪＡＺＺだけはその知識において東京生まれの同級生に勝てなかった。彼らは中学時代から、兄貴たちや父親に連れられてＪＡＺＺ喫茶に出入りしていた。

九州の田舎町といえば、せいぜい喫茶店（サテン）と、ダンスホールくらいで、ＪＡＺＺの生バンドのある店なんかはない。生といえば、股旅物のドサ廻り一座か、ときにストリップ巡業、年に一回くらいプロレス興行と、サーカスがやってくるくらいだった。東京生まれは羨ましい。歌舞伎も落語も、新劇もクラシックコンサートも、お金さえあれば何でも幼い頃から観ることができた。文化的教養だけは上京組は東京組に追いつかなかった。

「阿部薫のサックスは何か憑きものがついているようで鳥肌が立つね」といった言葉は

全くチンプンカンプンでついていけないのだ。ただ卑屈な顔で押し黙っているだけだ。

「よーし、今に追いついてやる」と、しばらくＪＡＺＺに集中することにした。「スイングジャーナル」を購読し、油井正一の「ジャズの歴史」や、植草甚一じいさんの「モダン・ジャズの発展―バップから前衛へ」、相倉久人の「モダン・ジャズ鑑賞」などを付け焼刃的に読み漁った。

大学の帰りには「Ｆｕｎｋｙ」（吉祥寺）に寄り、夜は井の頭線で渋谷に出て、道玄坂の「Ｂ．Ｙ．Ｇ」へ、休日は中央線で新宿へ出て、歌舞伎町の「タローー」や、紀伊国屋書店裏の「ＤＵＧ」、新宿二丁目の「ピットイン」へと足を延ばした。

ＪＡＺＺ喫茶、ＪＡＺＺバーはとにかく静

かである。皆、目を薄く閉じて、哲学者の表情で瞑想し曲の中に沈潜している。中には巨大なスピーカーに耳を摺り寄せて聴き入っている者もいる。飲み物はおおむねバーボンのストレートかオンザロック、酒に弱い人間はハイボール、煙草はピー缶、ロックの店とは違い、ジージャン、ジーパン姿のハイミナール組はほとんど見かけない。きちんとジャケットを羽織り、どこか知的である。

五十一年前新宿での夜、あるモダンJAZZトリオのラスト曲となった。イントロはその曲が何とは分からぬように遠く掛け離れたところから始まる。しばらくアトランダムな宇宙音というか深海音が続いた後、やおら美空ひばりの「りんご追分」へとメロディが踏み込んだ。これまで憮然とした寡黙な哲学者たちから一斉に、「ひばりか?」「ひばりだ」「ひばりだな」の囁やきが漏れ、直ぐに歓待の拍手に変わった。いくらJAZZに被れていても、実体はやはり日本人なのである。

若い童顔のジャズマンが、アルトサックスで西田佐知子の「アカシヤの雨がやむとき」を呻くように死に絶えるように吹いた。私は終電の時間もあり、演奏が終わる前に店を出た。外はちょうど新宿通り雨、濡れながら♪このまま死んでしまいたい——と重い足を引きずった。

シャンソンのダミアじゃないが、JAZZにも人を厭世的にさせる魔物と哀愁が潜んでいた。

風立ちぬ

夢の中に居た。白樺林の中を私は病院着を着て歩いている。縊死するにはどの木がいいか、体が熱い、腋下を抜けていく風が気持ちいい。遠くにサナトリウムの白い建物が見える。

大学三年の初め、寝汗をよくかくようになった。急に体重が落ち始め、六〇kgの体重が一月で五五kgまで下がった。キャンパスの一番奥、グランドのそばに瀟洒な診療所があった。阿佐ヶ谷にある河北病院の院長が校医だった。五十歳くらいだったろうか、背が高く、胸板の厚い、昔ラグビーでならした人だと聞いていた。学園のOBであり、体育保健学の講師もしていた。温顔の優しい目をしている方で、症状を話すと直ぐにレントゲンを撮ることになった。

三日後に診療所へ行くと、精密検査が必要だから、直ぐに阿佐ヶ谷へ行けと云う。駅を降りて北口を右方向に歩くと、左手に大きな河北病院があった。断層写真を撮る。院長がフィルムを読映をし、「やはり結核だな」と云う。右肺の上層部、鎖骨の下、病名は「肺結核小潤集巣」、夢は現実となってきた。半歩、堀辰雄に近づいた気がする。

すぐに三鷹保健所に連絡をとるも、井の頭に住民票を移していないことから、故郷の保険所に連絡を取らされた。東京と九州とでは遠いので、治療費は公費負担だが、いったん自らが払い、故郷の保健所に再請求することとなった。

「どこか山のサナトリウムか何かに入るのでしょうか」

「入院も、手術をするほどのこともない。通院で十分だ。それも化学療法で治せる」

堀辰雄に成れずにがっかりする。

四十二年前の「結核予防法第三十四条関係

診療報酬請求明細書」を今も保管している。注射欄はＳＭ（ストレプトマイシン）に丸が記され、筋注週二回となっている。投薬欄はＰＡＳ（パス）とＥＢ（エタンブトール）に丸が打たれ、菌検査、血沈検査、レントゲンに印がつけられていた。院長より、来年の就職時期までには完治させようと励まされる。

「治療中では企業は採ってくれないだろ。生活を改めてしっかり治せ」

と、煙草、酒、夜更かしを厳禁された。

初ストレプトマイシンには参った。婦長さんが肩の筋肉では痛いから、お尻に射つという。ベッドにうつ伏せになり、ズボンを下げると、パンツをグッと下げられて、臀筋にググッと針が射ち込まれた。抜いた後から重い痛みが襲ってくる。婦長が痛みの引くまで揉み続ける。これを週二回月曜と金曜に続けるのである。

病院を出て、駅に向う途中から体に異変が起きた。全身が石膏で固められていく感覚である。手足の先が麻痺していく。自分の体が自分のものではない。これは凄い劇薬を射ち込まれた。痛みも何にもない結核と云う病いの怖さをこの薬で知った。院長の云う通り一年で治癒したとしても、肺に痕は残るだろう。どうせ身体検査でばれる、就職は無理か。息子に期待している母のことを想うと、暗澹たる気持が胸を塞いだ。

「風立ちぬ　いざ生きめやも」

脱兎の母

母はいつも何処からともなく現れる。すわ息子の一大事となると、疾風のように私の目の前に現れる。私の肺結核を知り、夜行の「富士」に飛び乗り上京してきた。

たくさんのお土産を両の腕では足りず、振り分け荷物にして東京駅に立っている。行き交う人の目、そんなことを母は何も気にしていない。私は、「ここは東京だぞ」と心の中で舌打ちをする。東京に染まったアイビーボーイの私、田舎姿丸出しの母、モーゼの杖のような自然薯の束を私は持つ。

「食欲は」「微熱はどうか」「体重はどうか」「血沈検査はどうか」「薬はちゃんと飲んでるか」と立て続けに質問するが、私はぶっきらぼうに曖昧に返事をする。これほどのお土産を何うするのかと語気強く訊くと、今日中に挨拶回りをして夕方の「富士」でまた帰ると云う。

まず阿佐ヶ谷の河北病院の院長先生から挨拶をしたいと云う。あの堂々たる体躯のジェントルマン先生がこの田舎者の母に会ってくれるもんだろうか。「院長先生は忙しいから無理かもね」と、私は冷たく云う。母は会えなくてもお土産だけでも置いていきたいと云う。間の悪いことに、院長は居た。広大な院長室に通された。院長は満面の笑みで母を迎える。夜行の旅をねぎらいながら、「大丈夫です。一年で治して見せましょう。就職に間に合うように。お母さん、ご安心なさいよ」と歯切れのいい東京弁で慰めてくれる。母はソファーから降りて、土下座せんばかりに小腰をまげてお辞儀をし続ける。

お土産の一包みは減ったが、まだ二包みある。今度は大学へ行くという。私のゼミのT教授にご挨拶をしたいと云う。ええ、あのモダンでダンディな教授に会わせるのか。それ

よりも、大学のキャンパスを母とこの荷物を持って歩く事のほうが恥ずかしい。「教授は人気の先生で講座の数が多い。いま突然行っても、講義中かもしれないよ」と冷たく云う。

教務部に行き、T教授の所在を訊くと、運の悪いことに在室中だった。教授棟に行くと、教授はドアを開けて廊下で待っていた。教授もまた満面の笑みで母の長旅をねぎらう。母はまた這いつきバッタのように腰をかがめて、ご迷惑をお掛けしますとお辞儀し続ける。

「お母さん、私も学生の頃、結核をやりました。私の頃はストマイはなく、治りが悪かったのですが、今は心配はないでしょう。一病息災ですよ」と母を慰める。教授は非常な食通で、田舎の土にまみれた自然薯をいたく喜んでくれた。

あと一包みは何うするのか。下宿の小母さんにご挨拶をすると云う。結核のことは伏せているよと云うと、保健所に届け出なきゃいけない病気だから、ちゃんと正直にお伝えしなきゃいけないと叱られる。井の頭の下宿に着き、二階の自室に母を通す。すぐに小母さんがお茶を抱えて上がってきた。母が上京の意図を伝え、自然薯を差し出す。息子は発してないことを力説し、食費は上がってもいいから、精のつくものをとこれまた額を畳に擦り付ける。小母さんはにこやかに、ではお肉を増やしましょうと約束する。母は小母さんの今日は泊まっていかれたらと云う誘いを断り、また東京駅に向った。

以来何回も、何かあると母は「富士」号に飛び乗り、脱兎のように私の眼前に現れた。

会計学挫折

店の売り上げが厳しいと、母からの手紙が届く。父は追突の交通事故で入院していた。右半身が麻痺していて、文字も書けないと云う。母はひとり店と病院を行き来して奮闘している。今月の手形が落ちるかどうか。毎月毎月、手形という怪物と格闘しなくてはならない。商売は辛いなぁ、やっと払い終えるとまた翌月の手形が手ぐすね引いて待っている。安閑と仕送りをもらうだけで、私はここで何をしているのだろう。何か母の役に立たなくてはと焦れども、身は結核で動かない。ただ下宿の天井板の染みを見つめては輾転としている。穀つぶしの学生の身分を恥じ、あせり、葛藤し、結果、無為な時を過ごしている。机に原稿用紙を広げ、小説の真似事を書き新人賞に応募はしていたが佳作にも掠らない。母の手紙にはそんな夢のようなことは考ず、地に足の着いた勉強をしておくれと書かれている。とても小説の才などある筈もなく、それは自身よく承知していた。

両親はいつも、申告の時期に税務署との攻防に苦労をしていた。会計学を勉強し、家の役にでも立つかとおぼろげに思い始めていた。指導主任が経営学のB教授だった。一回目の授業は必ず自己紹介となる。「出身は大分県中津です」と云うと、教授は急に人なつっこい顔となり、「中津ならよく知っている。扇城女子高（現・東九州龍谷高校）を知っているか、あそこの梅高先生の奥さんは私の叔母だ」と親近感を示した。会計学はT教授の講義を選択した。最初の授業でやはり中津出身だと自己紹介すると、教授は「中津の人間なら、会計学をやるのはよかろう。神戸高商（現・神戸大学）の初代校長で、日本の会計学の基礎を築いたのは水島銕也先生だ。中津出身の偉い人だ」と、自分の師系に当たる教授を誇っ

た。中津の人間は幼い頃から、福澤諭吉のことばかり習ってきた。金谷と云う界隈に水島公園があるのは知っていたが、福澤ほど地元では有名ではない。教授は続けて、「中津の人は福澤ばかり誇って、水島先生をおろそかにしてるなぁ」と嘆息した。

親の役に立とうと、会計学、財務諸表、税法、商法と選択し格闘するが、文系の頭に数系の学問は入ってこない。バランスシートはなんとか作れても、損益計算書がうまくいかない。いろいろな企業の財務諸表を見ても、その読み取り、経営の状況が私には透けて見えてこない。徐々に友に遅れ始め、次第に数字に嫌気がさしてくる。ストマイを射ちながら、また煙の雀荘に出入りをはじめる。

行く末が見えない。代わりに瞼を閉じれば故郷が見える、母が浮かぶ。春だというのに背中が寒い。そうだ、大学を辞めれば、学費も仕送りも要らない。学校を辞めて、店の加勢をするのが最もの親孝行だ。

「そうだ、退学だ」

「何を今さら、どの面下げて、故郷に帰れるもんか」

負け犬の、逃げ腰の、どっちつかずが蹌踉として町を彷徨っている。

鉛色の雨が降ってきた。

有馬の殿さま

結核の具合もだいぶ良く、ストマイの注射は終わり、薬もパスとヒドラだけになった。阿佐ヶ谷の河北病院まで行く必要もなく、大学の裏手、グランドの横にある診療所へ二週に一度顔を出すだけにまでなった。

診療日に休講があれば、グランドの脇の芝生に寝転がり、啄木のように雲を眺める。

野球部が練習をしている。しばらくして、蟷螂のような痩躯の男がユニフォーム姿で現れた。部員たちが近寄り、「有馬監督」「有馬監督」と帽子を取り、直立で挨拶している。

「有馬監督…？」

私は身を起こし、蟷螂の方を凝視した。文芸雑誌や時々テレビで見る顔である。

「有馬頼義《よりちか》か…？」

私は立ち上がり、少しずつ少しずつ近寄って行った。バックネット裏近くまで寄ってみた。

いかに野球帽を被っていても、あの眼鏡、あの横顔、確かに有馬頼義に相違ない。監督はしばらく建国体操のような運動をし、身をほぐしてから、ノックを始めた。

「貴三郎一代」が思い起こされた。大映で映画化され、タイトルは「兵隊やくざ」だった。高校二年三年と、塾をさぼってはよく観に行っていたものだ。やくざ上がりの二等兵大宮喜三郎に勝新太郎、その教育係有田上等兵に名優田村高廣である。この田村の役こそが、今眼前にいる有馬頼義である。世が世であれば、久留米藩の御殿様である。映画は勝のやんちゃさ無鉄砲さがドンピシャの嵌り役で、田村は田村でインテリなだけに頭脳を使って軍の卑劣な悪者たちと闘っていく。場所はソ連国境に近い満州の奥地、腕力と知力の二人の痛快関東軍内幕戦争アクション・コメディである。


シリーズはけっこうあるのだが、第一作が圧倒的に優れている。さすが増村保造監督だけはある。とくに成田三樹夫の憲兵役が怜悧冷酷で素晴らしい。日本の映画史上、彼ほど見事に憲兵をやりおおせた俳優はいないだろう。娼妓役の淡路恵子がまた素晴らしい。兵隊を上手にあしらうお姐さんで、「ワカメ酒」という呑み方があることを次郎少年はこの映画で教わった。

たしか「赤い天使」も有馬の原作で映画化されていた。若尾文子主演で前線の看護婦と軍医との話だったが、芦田伸介の出来がいまいちで同じ増村監督の作品とは思えなかった。

見ていると、ノックは的確で上手である。若き日から相当に野球をこなしてきた人だと思える。小説家とはいえ、文弱の徒ではないことが分かる。作品的には直木賞受賞作の「終身未決囚」が面白い。今でも極東裁判の記録映画の中の、大川周明による東條英樹ポカリ・シーンを見るとこの小説を想いだす。

ノックを終えて、ネット裏のやかんを飲みに監督はやって来た。私に気づき、「君は？」と問われる。「経済学部です」とトンチンカンな返事をし、「『遺書配達人』は凄いです」と憧憬の顔で答えた。殿さまはニッコリ笑って、軽い敬礼の会釈を返してくれた。

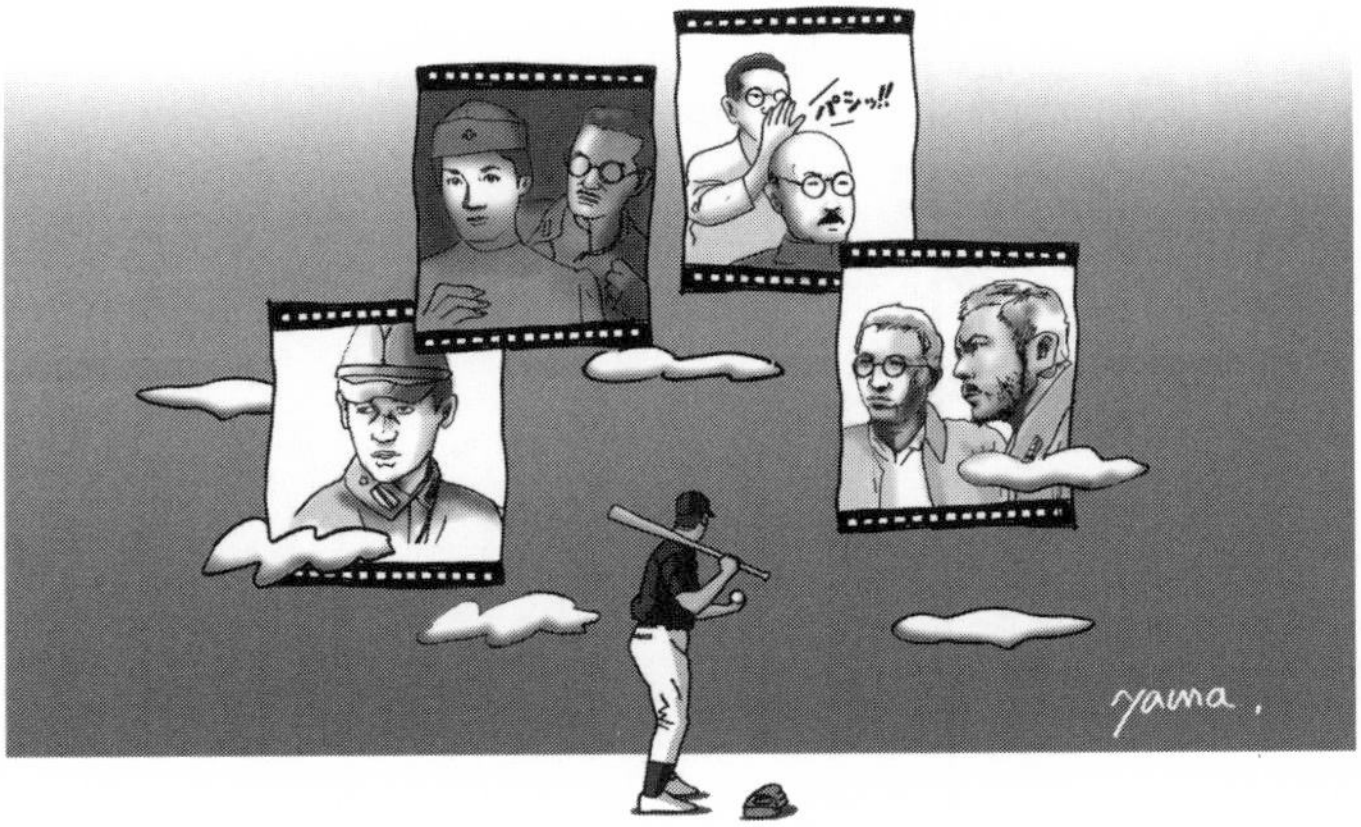

父のビフテキ

父は夏休み中、連日、来る日も来る日も夕食にビフテキを焼いてくれた。まだ交通事故の後遺症で右半身を縦横には動かせなかったが、「リハビリだ」と云ってフライパンを左手で扱い、ケチャップとソースをたっぷり入れて焼いた。肉を食えば、結核の治りが早いと思い込んでいる節があった。とくに血が滴る程が体に良いと、ほとんどレアに近い焼き具合だった。家族の食事は簡素なもので、毎夕自分だけがステーキだった。

肉を喰らい、週に二回病院に行きストレプトマイシンを射つ。毎食後、パスとヒドラジッドを服用する。パスは喉にこびりつきザラリとして飲み辛い。ヒドラは妙な苦さがあり、ガラスの粉を飲まされている気分だった。療養の身であるから、パチンコ屋やビリヤード場、雀荘に顔をだせない。第一、田舎の情報は早く、私が肺結核である事は当に周辺に知れ渡っている。蟄居謹慎の身である。陽に当たらぬようにと、昼間の外出もできない。五七キロにまで落ちた体重も、父のビフテキのお陰で元の六二キロを越え、六六キロにまで膨張していた。薬と肉と無聊な暮しと肥満、二十一歳で腹がタプンとし始めていた。

昼間動かず、薬もしっかり飲んでいるのに、血沈検査の下降スピードは一向に収まらなかった。父は前にもまして分厚いステーキを用意するようになった。

また今夜もレアのビフテキだ。無理やり嚥下する。

「よく噛め、三〇回は噛め、噛まなきゃ、逆に胃腸を悪くする」

父は常に私の顎とこめかみの動きを見ていた。私が幼い頃、父は結核性肋膜炎をやっていた。その時の菌が幼児の私の胸に入り込み、

発症させたのではないかと悔やんでいた。私は私で焦っていた。友に単位の取得も、成績も越され始めていた。就職の道も相当険しいことになるだろう。風呂に入るたびに鏡に映る、生白い体、薬のせいか筋肉の女性化した体を見るにつけ、希望が萎えていく。小咳はまだまだ頻繁に出た。微熱もあり、痰も絡む。

父が云った。

「学校でたら、帰ってきて、家を継げ。おまえには東京の街は無理だ」

私は何の反論もしなかった。

毎日、家の屋根に日傘を差して出ることが唯一の気散じだった。周囲を覆い隠すビルも木立もない。すぐ横を日豊線がのんびりと走っている。高い屋根といえば寺町筋のお寺の本堂だけである。上から見渡せばほんの坪庭ほどの界隈に町中の人々が暮らしている。他人の家の中のことを知悉し合って暮らしている。屋上の屋根が太陽の熱にやけており、熱い空気が肺腑を膨らませる。この町で家業を継ぐことはできない。故郷とは功なり名をとげてから帰るところだ。早く東京へ帰ろう。

「持て余す　パスとヒドラと　そして肉」、親不孝者はそんな川柳を陰で詠みながら、六十日間、レアの肉を食べ続けた。

さらば、下宿

二年間の下宿暮らしに倦んでいた。

隣室とはふすま一枚、欄間は素通しである。プライベートなんぞ一切ないから、夜中に世を恨んで、吠えることもできない。机のまわりに、小川知子のピンナップ写真とブロマイドを貼りめぐらしていた。「続・大奥㊙物語」を観て惚れこんだのだ。中島貞夫の演出は小川のクローズアップを多用した。瞳の中に、悔しさと哀しさを織り交ぜて、目力のある気性の激しい演技をした。女は気性の激しいのにかぎる。

母は客が紋々を見せてヤクザと分かると、即座に飲み代は要らぬからと追い出した。「二度と来るな」と、母が浪の華をパッと散らせると、気配で分かったのかヤクザは戻ってきて、「おーっ、ここのオバンは怖ぇーのう」と、捨て台詞を残した。

女は男に啖呵が切れるくらいの女が好きだ。小川にはその強さを感じていた。

季節は四度目の春に向かっていた。もうす

ぐ四年生、最後の一年くらいアパートで暮らしてみたいと思った。井の頭公園の東側、公園駅の裏手にモルタルのアパートを見つけた。六畳一間に小さなキッチンとトイレが付いている。銭湯は歩いて三、四分の処にある。公園側からゆるやかな坂を上り、ちょうど前進座の横通用門の向かい側である。

　小母さんに話すと、ようこそ三年も居て頂いてと、一緒にアパートを検めに来てくれた。引っ越す気持ちが揺らいだが、一人暮らしもやってみなさいと背中を押された。下宿は井の頭四丁目、今度のアパートは三丁目、荷物と云っても、文机とラジオと本箱と、ファンシーケースと布団しかない。新聞配達所の友から、リヤカーを借りる。

　最後の日、小母さんは改まって、お別れに

にぎり寿司を取ってくれた。正座して頂いているると、カメラを持ってきて、記念に写真を撮らせてくださいと云う。

「私には、子供がいない。この家には後添えで来た身で、Nテレビに出ている息子は私の子ではない。訪ねて来たりもしない。

小説、書いていましたね。どうぞ、偉い人になってください。この下宿の、私の誇りにしますから…」とシャッターを押す。

「小母さん、買い被りです。私は作家の真似事をしているだけの偽物です。石原慎太郎や大江健三郎には成れないのです。ただ、学生の身で、作家デビューできたらどんなにか恰好いいか、そんな愚にもつかぬ絵空事を思っていたのです。何の土台もない砂上の楼閣です、莫迦なことに結核だけはしましたが…」

小母さんは次のアパートまで同道してくれ、新しい大家さんにご挨拶をしてくれた。今度の大家さんは四十歳過ぎの女性で、別れたご亭主の慰謝料でこのアパートを建てたと云っていた。どこかしだらない色気があり、アイシャドーもルージュも濃く、衣装もヴァンプ風に派手だった。

小母さんは心配そうな顔をして、振返り振返りしながら、神田川沿いの小道を戻っていった。

グッドバイ

新しいアパートを出て、井の頭公園まで徒歩二分。公園内の奥、井の頭自然文化園の一画に彫刻家北村西望のアトリエがある。俗に御殿山とも云う。大地からタケノコのように生えた三角形の建物である。そこに北村の手による長崎の平和記念像の原型がある。

半世紀前、小六の時、修学旅行で長崎へ行った。原爆資料館でピカドンのあまりの酷さに打ちのめされた。続けて永井隆博士の「如己堂」（にょこ堂）に引率された。畳二畳ほどの狭い家屋で、博士はここで文を書き、祈り、病いと闘った。「長崎の鐘」や「この子らを残して」という名著を残した放射線医師であり、敬虔なクリスチャンである。子らに残した言葉がある。

「良いことは人に分からないようにするんだよ」

良いことは目立つように行い、悪いことは隠れてするものと思っていた。良いことこそ人知れず行うことと知り、今も肝に銘じている。次に平和公園に行き、まだ出来て数年の「平和記念像」を見た。右手は天を指し、左手は水平に平和を願っている。目は軽く閉じてあり、原爆被災者の冥福を祈っている。白く堂々とした神々しい像だった。まさか、北村西望のアトリエがこんなに近くにあるとは知らなかった。

大学二年までは、三鷹市井の頭四丁目の下宿に暮らしており、武者小路実篤邸は確か三丁目ですぐそばにあり、時々、井の頭公園で散歩中の文豪に遭遇していた。

同じく下宿の真ん前には芸大の江藤俊哉ヴァイオリン教授の家があり、日曜日ともなれば全国から天才少年少女が習いに来ていた。

御殿山から下連雀の方に足を延ばす。この一帯はまだ武蔵野の雑木林の風情が残ってお

り、その一角に、実に素敵な洋館があった。家の左右がアール・ヌーヴォーの欧州スタイルの憧憬の家だった。外国人の家だと思ったが、何の表札もなく、界隈の人に尋ねると「波」や「真実一路」を著した山本有三邸だと聞いた。私は永井荷風や谷崎潤一郎、川端康成が好きで、山本的教養主義、下手をすれば偽善主義はあまり好きではなかったが、こんな凄い家に暮らしていたとはつゆ思わなかった。「路傍の石」からはとても察しられないゴージャスな館だった。

ここから足を北西、三鷹駅方向へ向ける。太宰治が山崎富栄（太宰が付けた綽名「スタコラさっちゃん」）と飛び込んだ玉川上水へ出る。なぜ飛び込んだのか、女の無理強いか、女への憐憫か。女から「一緒に死んでくれる」と乞われたら、おおように「俺でいいのかい」「俺で良けりゃいいよ」と答えきれない男は下の下である。太宰は何度か女を裏切っているが、最後の最後は男の中の男になった。太宰は井の頭公園や下連雀界隈をよく小説やエッセイに取り入れている。井の頭の池や春の桜、茶店のお汁粉が、彼の執筆の筆休めとなっていたのだろう。

夭折、憧れる言葉だ。

「グッドバイ」と二人が飛び込んだ当たりの川面に独り言ちて、踵を吉祥寺方向成蹊通りへ返した。

夜が来る

久々に大学へ行くと、名古屋から来ているYと会った。ずっとドロップアウトしており、何うしてたんだと訊くと、「今、代々木にある山野美容学校へ夜通ってる」と云う。大学を出てどこかの会社に入り、一生サラリーマンで過ごすより、何か手に職を付けたいと云う。「サラリーマンの死」(アーサー・ミラー原作)の滝沢修が脳裏をよぎる。食堂へ行くと北海道から来ているKと出会う。Kもほとんど大学に来ていない。Yと同じような質問をすると、「アナウンサーに成りたいから、今、恵比寿にあるアナウンス・アカデミーに通ってる」と云う。

工学部校舎の方を歩いていると、広島から来ているMと遭遇する。彼もドロップ・アウト組だ。同じように訊ねると、「銀座にあるコピーライター養成学校へ行ってる」と云う。書くことは嫌いでない、彼を喫茶店に誘い詳しく尋ねる。マスコミには、新聞、テレビ、ラジオ、出版とあるが、最後に広告という分野があると云う。コピーライターは新聞や雑誌、テレビCMやラジオ広告の企画や文案を考える仕事だと教わる。

当時の広告としては、サントリー・オールドのCMが好きだった。外人ばかりが映るCMだったが、コピーが心に沁みた。


「地球が回る。朝が来る。夜がくる。東に国がある。西に国がある。男の声が聞こえる。女の声が聞こえる。笑っている。さざやいている。グラスが輝く。乾杯の音がする。凍った音楽のように澄んだ音がする。男の声が聞こえる。女の声が聞こえる。」

（コピー　東條忠義）


音楽が素晴らしかった。後に知るが、「夜が来る」と云う曲で作曲は小林亜星と聞いた。画面もまるで「望郷　ペペ・ル・モコ」（ジュリアン・デュヴィヴィエ監督）のカスバの酒場を髣髴させた。

みんな落ちこぼれながらも、先の道を捜していた。あせりが充満した。ぼやぼやできない、肺結核の身、ロクな就職先もないだろう。どうせ物書きの才能はない。よし、コピーライターだ。そう心に決めて、「クボセン」こと久保田宣伝研究所の養成講座に通い始めた。

もちろん、夜の学校である。吉祥寺から中央線で東京駅へ行く。東京駅から少し遠いが東銀座の教室まで歩いた。マーケティング講座があり、アメリカの広告を勉強し、コンセプトの作り方を習い、時には色彩学まであった。テレビやラジオCM練習にはなかなか届かず、まず徹底的にキャッチフレーズの作り方を指導された。「物（商品）の事を言うな、物から離れて、物の事を伝えろ」と禅問答のような講義を受けた。次にはボディコピーの書き方である。キャッチフレーズが良いと、良いボディができる。キャッチが下手だと、ボディはスペック（商品説明）に堕す。終わると九時過ぎくらいだったか、銀座とは名ばかりで夜の東銀座は場末であり、街燈も少い。とにかく将来の門を開かなくては、♪ドンドンリンドン　シュビダドン　オエーエインヨラーイ♪と、「夜が来る」の曲を口ずさみながら自らを鼓舞していた。

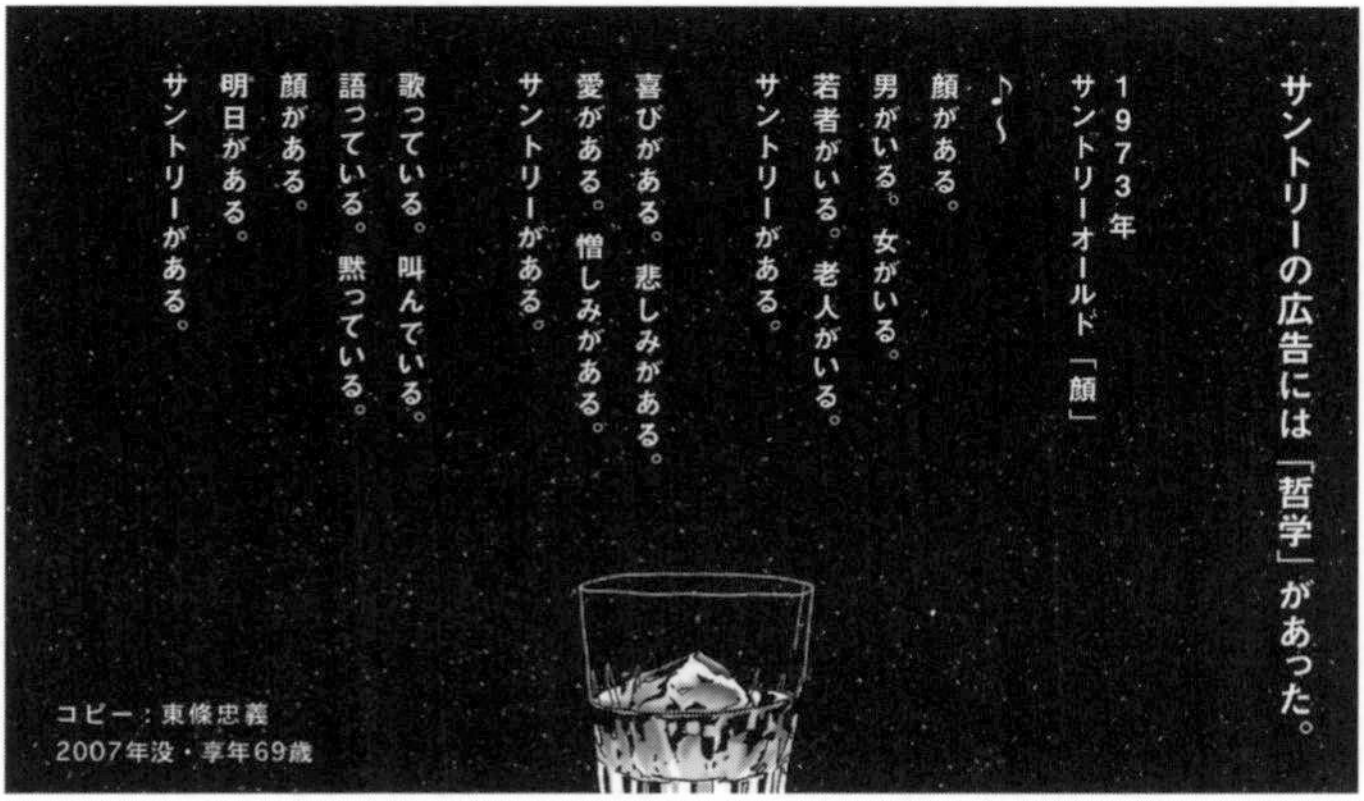
サントリーの広告には「哲学」があった。
1973年
サントリーオールド「顔」
♪〜
顔がある。
男がいる。女がいる。
若者がいる。老人がいる。
サントリーがある。
喜びがある。悲しみがある。
愛がある。憎しみがある。
サントリーがある。
歌っている。叫んでいる。
語っている。黙っている。
顔がある。
明日がある。
サントリーがある。
コピー：東條忠義
2007年没・享年69歳

yama.

クボセン

クボセンは東銀座の中小企業会館で講座を開いていた。久保田宣伝研究所コピーライター養成講座、略してクボセンと呼んでいた。ほぼ同世代の暗そうな若者たちが生徒である。初回、五十人ほどが思い思いの席に着く。少し遅れて到着したせいか、前の方しか空いてない。前の方は女性たちが陣取っている。仕方なく、群れから一人離れて座っているボブヘアーの女性の横に座った。人間と云うものは、おおむね最初に座った席が定席となる。二回目も、三回目も同じところに座る。ボブ嬢もいつも同じ席だった。お顔立ちは当時で例えれば女優の赤座美代子と云ったところだった。四回目に、自分は吉祥寺からだが、どこから通っているか訊ねると、荻窪からと云う。学校を訊ねると「ソフィア」と答える。私はソフィアと云う学校を知らず、東京のミッション系のお嬢様学校だろうと、曖昧に分かったふりをした。五回目は、実践コピー講座だった。講師の名はKさんだったと覚えている。課題は俳句の兼題の如くその場で出た。「富士山の見える別荘分譲」だった。三〇分で一人一〇本提出と云われる。脳裏に富士山を浮かべ、まるで別荘の住人になった気分で三Bの鉛筆を握る。

「我が家の庭には富士がある。」「富士をひとりじめ。」「富岳借景」「日本一の山が見える、日本一の別荘地」「週末は芙蓉の人。」「標高一三〇〇mの別荘地」「別荘じゃない、終の棲家だ。」「毎朝富士のご来光が拝めます。」

「月夜の富士が、また美しい。」「富士の麓で羽を休めよう。」

ふと視線を感じ横を見ると、ボブ嬢が覗き

『久保田宣伝研究所』は、
現在の『宣伝会議』の
前身であり、日本で最初の
コピーライター養成機関。
OBには、中畑貴志、林真理子、
阿久悠、中島らも、他。
宣伝会議
広告の文章
yama.

こんでいる。「よくそんなに書けるのね…一本も書けない…」とため息をつく。小声で、「頭の中に富士を浮かべて、人間の目か、鳥の目か、虫の目になって、書くんだよ」とアドバイスする。それでも彼女は茫然としている。時間はまだ二〇分もある。彼女の分まで考えることにする。

「どの窓からも富士が見える。」「太宰治が生きてれば、きっと住んでる。」「ここには富士が良くにあう。」「軽井沢の上を行く、富士の別荘地」「私は妻子から逃げたかった。」「富士は鎧を脱がせてくれる。」「キリマンジャロの雪、富士の雪。」「人生を振返る、富士の雪。」「お風呂からも富士が見える。」「銭湯の富士じゃない、本物の富士だ。」

走り書きにして彼女に渡した。彼女は清書し直して提出した。

K講師は約五〇〇本を三〇分でチョイスし、黒板に一〇本を書きだした。私のは一本も採用されず、彼女に渡したのが三本選ばれていた。名を呼ばれるごとに彼女は頰を赤らめながら起立し皆の拍手を浴びていた。

黒い下着

講座を終え、ボブ嬢からお茶に誘われた。コピー演習のお礼だと云う。銀座四丁目まで歩き、路地の奥のシックな喫茶店に入った。明治時代を思わせる威厳のある珈琲専門店だった。

話題をと考え、映画の話をした。

「ウエスト・サイドもいいけど、同じナタリー・ウッドなら、断然『草原の輝き』がいい。ハイスクール時代の恋が、いろいろな行き違いから実らず、ウォーレン・ビィーティに裏切られたと思っているナタリー。ウォーレンは誤解を解かぬまま、ニューヨークの大学へ行く。ナタリーは精神を病み、郊外の病院に入る。ウォーレンの父は事業に失敗し自殺、彼は大学を辞め、故郷に戻り農業に挑む。ナタリーは病院で同じ心の病の男性から求婚され、彼と生きて行くことを決めるんだ。退院しいったん故郷に戻ったナタリー、ウォーレンも戻っていると聞き、彼の農場を訪ねる。彼は喜び、家族に会ってくれと、妻と幼い長男を紹介する。じきにもう一人生まれるんだと云う。二人は会って心に決着をつける。最後の晴れ晴れとした別れ方がいい。青春はうまくいかない、だけど生きる力はまた草原の輝きのように漲ってくるんだ」

「観たい」「どこかの名画座でまた掛かるだろう」、他にはと云うので、「卒業」の話をする。

「あれは変形のシンデレラ・ストーリー。主役が背も低くダスティン・ホフマンだから成立している。もしあれがウォーレン・ビィーティなら嫌味な映画になってる。びっくりしたのは、『奇跡の人』でサリバン先生を演じたアン・バンクロフトが黒い下着姿で扇情的な女を演じていた。ちょっと僕にはショックだった」

ボブ嬢は今日のお礼はコーヒー一杯では足

りないから、こんどの日曜日に食事をご馳走したいと云う。別に予定もなく、断る理由もない。

日曜日の夕刻七時に、吉祥寺駅北口で会う。レストラン「バンビ」まで歩く。ガラス越しに往来から見える席に案内された。赤を飲むか、白にするかと云うので、赤を頼んだ。東京のお嬢さんはワインを飲むのかと感心する。

「ダスティンでまだ他にいい映画はあるの?」

とボブが訊く。

「『真夜中のカーボーイ』がいい。ダスティンとジョン・ボイトの田舎者二人がニューヨークで一旗揚げようと足掻く。僕のこの東京と同じだ。所詮、足掻いても足掻いても堕ちていくだけだ。ダスティンの負け犬さがいい。もう病いで命は幾ばくも無い。彼はフロリダへ行きたいと願う。ボイトはゲイの売春をしながら金を作り、フロリダ行のバスに乗る。ダスティンは太陽輝くマイアミを夢見ながら、バスの中で息を引取る。九州の田舎者にはたまらない映画だった。」

食事も終わり、ボブからもう一軒行かないと誘われたが、飲みなれないワインが胃袋を苦しめていた。丁寧に断った。気持もダスティンになっており、北口まで何か気まずい空気の中を送って行った。改札口を入ったところでボブは振り返った。

「今日は、黒い下着で来たのよ」

と小声で言い捨てると、サッと踵を返した。以来彼女はもうクボセンには来なかった。

カーレーサー時代

　十八歳で上京し、最初に観た映画が「男と女」（クロード・ルルーシュ監督）だった。お金を出して観たのではなく、東京放送ＴＢＳラジオの試写会に応募して当たったのだ。当日、井の頭線で渋谷に出て、地下鉄銀座線で赤坂見附まで行き、ＴＢＳホールを訊ね訊ねて一ツ木通りの会場に着いた。まだ上京一ヵ月で西も東も分からなかった。地下鉄に乗ることも初体験だった。

　試写会の司会が大橋巨泉で、五十二〜五十三年前はまだこういう仕事もしていた。映画の内容は、共に最愛の連れ合いを亡くした子持ちのシングルママとシングルパパの恋愛だった。ママ役にアヌーク・エーメ、少し怖い顔をした美人だった。パパ役にジャン・ルイ・トランティニアン、知的な顔の二枚目だった。映画の中のトランティニアンはカーレーサーである。モンテカルロ・ラリーに優勝して、アヌーク逢いたさにモンテカルロからパリ、そして港町ドービル（フランスの高級避暑地）まで一気に走りかえる。彼女の心を射止めたかに見えたが、彼女はまだ撮影中に事故死した夫のことを忘れていなかった。彼女はホテルで別れを告げ、パリには別々に帰るという。トランティニアンは近くの駅に彼女を送る。諦めきれないトランティニアンは乗換えの駅まで車を飛ばす。先に着き乗換駅のホームで彼女を待つ。別れたことを後悔していたアヌークは彼を目にすると、彼への思いが吹きこぼれ、彼の胸に飛び込む。やっと夫のことをふっきった瞬間だった。音楽はフランシス・レイ、♪ラララ　ラバダバダ　ラバダバダは　世界中でヒットした。スキャットの時代が始まった。まだ二十九歳のルルーシュ監督はこの作品でカンヌ映画祭のパルムドールを奪り、若くして押しも押されもせぬ世界の一流監督入りをした。

トランティニアンは実際に俳優兼カーレーサーでもあった。この映画から、日本中、カーレーシングブームとなった。当時、平凡パンチや週刊プレイボーイで、レーサーたちが特集され始めていた。式場壮吉や高橋国光を筆頭に、福沢幸雄（福沢諭吉のひ孫）、生沢徹（洋画家生沢朗の息子）、そして私と同じ経済学部の同級生風戸裕（日本電子社長の次男）、大学の学生食堂に彼やフォーセインツ（ヒット曲「小さな日記」）の連中が居れば、女子たちは彼らを十重二十重に取り巻いた。彼らはみんな外車族で、連れている女性もオシャレなファッションを身にまとい、美しい脚で闊歩していた。そう、若き日の芳村真理、淡路恵子といったタイプで棲む世界が違う人たちだった。

　この試写会から二年後、福沢幸雄はヤマハのテストコースで事故死した。「夜のヒットスタジオ」で小川知子が号泣しながら歌っていたことを思い出す。風戸も一九七四年六月、富士スピードウェイで巻き込まれ事故で命を絶った。湘南族のような育ちの良い顔をした、目がはにかむハンサム・ボーイだった。今でも「男と女」のスキャットを聴くと彼のことを思い出す。もう四十六年になる。

福沢　幸男
1943年～1969年没（25歳）
日本人の父とギリシャ人の母を親に持つ、レーサー兼、ファッションモデルとして活躍。
風戸　裕
1949年～1974年没（24歳）
70年代前半、当時日本人ドライバーでF1に最も近い男と呼ばれた。

郵　便　は　が　き

料金受取人払郵便

福岡中央局
承　認

18

差出有効期間
2026年２月
28日まで
（切手不要）

８１０-８７９０

156

福岡市中央区大名
二ー二ー四三
ＥＬＫ大名ビル三〇一

弦　書　房

読者サービス係　行

通信欄

年　　月　　日

このはがきを、小社への通信あるいは小社刊行物の注文にご利用下さい。より早くより確実に入手できます。

お名前

（　　歳）

ご住所

〒

電話

ご職業

お求めになった本のタイトル

ご希望のテーマ・企画

●購入申込書

※直接ご注文（直送）の場合、現品到着後、お振込みください。
送料無料（ただし、1,000円未満の場合は送料250円を申し受けます）

書名	冊
書名	冊
書名	冊

※ご注文は下記へＦＡＸ、電話、メールでも承っています。

弦書房

〒810-0041　福岡市中央区大名2-2-43-301
電話 092(726)9885　FAX 092(726)9886
URL http://genshobo.com/　E-mail books@genshobo.com

まだ始まってねぇよ

昔、吉祥寺は「ジョージ」と呼ばれていた。五十三年ほど前、駅はまだ高架ではなく、よくある田舎駅舎で、そこに井の頭線が斜めに突き刺さっていた。北口には戦後的な狭い路地のマーケットが残っており、皆は関東バスで大学まで行くが、私はバス代を浮かせるために徒歩で行った。面白くない講義は出席の返事を済ませば直ぐに教室を抜け出し、ジョージをさまよう。成蹊通りから仲道通りを青白い顔で流していた。

所在無く、ウニタ書店を冷やかす。吉本隆明の「試考」や、大杉栄、伊藤野枝あたりの本が並んでいる。もちろん金子光晴や秋山清の詩集もふんだんである。どれも学生の身にはちょいと高価であるが、その日は秋山の詩集を買う。新宿の鈴木清順監督の奥さんのスナック「かくれんぼ」で、一度秋山の謦咳に触れたことがある。着物姿の若く美しく女性を同伴していた。

南口に回り、スバル座で去年のヒット映画

「俺たちに明日はない」（アーサー・ペン監督）を観る。ボニーにフェイ・ダナウェイ、小生意気な娘である。クライドにウォーレン・ビーティ、甘い顔の優男である。太く短く、反社会的に生き、最後は蜂の巣に撃ち殺される。いい死に方だと、ひとり拍手する。つられて何人かの付和雷同的同士が続く。北口に戻り、ニヒルな気持で「ファンキー」と云う地下のＪＡＺＺ喫茶に行く。一人客ばかりが屯している。なぜかスピーカー傍の席から埋まっていく。ＪＡＺＺにはコーヒーより、酒が良く似合う。その頃はマイルス・ディヴィスあたりが流行っていたと思う。「イン・ア・サイレント・ウェイ」を聴きながら、ハイボールでパスとヒドラを飲む。

　療養中は紫煙の雀荘に顔を出すわけもいかず、映画ばかり観て過ごした。その週は「卒業」（マイク・ニコルズ監督）が掛かっていた。この映画は最後の教会シーンばかりが喧伝されるが、ダスティン・ホフマンを誘惑するミセス・ロビンソン（アン・バンクロフト）の心理が興味を引いた。娘に嫉妬する母親、アメリカは日本よりずっと早く頽廃を会得していた。

　続けざまに、「真夜中のカーボーイ」（Ｊ・シュレシンジャー監督）を観る。九州の片田舎から上京している者には、身にしみるストーリーである。大都会の孤独、一発当ててやりたい野心、空回りの上滑り。ニューヨークも東京も、田舎者にとって冷たい風の吹く異国だった。

　新宿に出て、「明日に向って撃て！」（ジョージ・R・ヒル監督）を観る。「真夜中」と同じく男二人連れの映画だが、前者には救いがなく、こちらにはまだ救いがあった。最後、ボリビア軍に囲まれた中、P・ニューマンとR・レッドフォードは突貫する。多分、蜂の巣になっただろうが、ストップ・モーションで生死はぼかしてある。私は生きていると確信した。

映画の中盤、保安官が二人に云う。

「ユアタイム　イズ　オーバー（お前たちの時代は終わったぜ）」

P・ニューマンが答える。

「ノー　マイタイム　イズ　フロム　ナウ（まだ、始まってねぇよ）」

異国の東京で、この言葉に鼓舞された。

赤坂シナ研

コピーライター志望としたものの、やはり未練は映画界にあった。映画五社はどこも新規の募集をしておらず、何うしてもとなれば製作会社、つまりプロダクションを目指ししかなかった。

肺結核はまだ完治しておらず、製作会社で制作進行からやる体力は望めなかった。体に負担を掛けず、映画に関与するにはシナリオライターを目指すしか道はない。久保田宣伝研究所のコピーライター養成講座を終えており、広告にも新しい時代の息吹きを感じていたが。

企業の商品の為に文章を書くのか、はたまた自分の描きたい人生を描くのか…と問われれば、「人生」を描いてみたかった。

月刊シナリオを見て、赤坂はＴＢＳの裏手にあるシナリオ研究所の講座へ申し込んだ。俗に「シナ研」である。入学日、30人位の受講生がいた。この講座から数年前にジェームス三木が世に出ており、世間の注目を浴びていた。コピーライター養成所は若い学生で占められていたが、シナ研は上は六十歳くらいから、三十、四十歳代の中堅どころも多く、私が一番若い方だった。皆、脱サラを目指しているように思えた。

一回目の記念授業に、吉田喜重監督がやって来た。白い外車、おぼろげだがムスタングだったかと覚えている。女優岡田茉莉子のご夫君で、色が白く蓬髪、京都広隆寺の弥勒菩薩のような端正なお顔立ちである。大島渚、篠田正浩と共に松竹のヌーベルバーグ監督の一人だった。彼が昨年世に問うた「エロス+虐殺」のWストーリー・シンクロ法について語っていた。内容は大正時代のアナーキスト大杉栄をめぐる、伊藤野枝他の四角関係と葉山日蔭茶屋事件が中心だった。東大時代、映画界に行く気はなかったが、友が松竹を受けると云うので、一緒に受けに行ったら自分が通ってしまった。うかったのは一〇〇〇人中二、三人だったと、思い出話もしてくれた。十四、五年前の映画界はおそるべしと恐れ入った。

入学時の見本脚本として、「七人の侍」（黒澤明監督、共同脚本橋本忍、小國英雄）と、「東京物語」（小津安二郎監督、共同脚本野田高梧）が渡された。シナリオとは簡素なもので、「場所とト書きと台詞」だけで出来ている。このホンからあれほどの作品を生み出すのだから、映画監督の頭脳は凄いものがある。

事務局の人が、この二本を二百字詰原稿用紙に、一言一句、改行もそのままで写してくださいと云う。ただ写すのではなく、場面、風景、景色、登場人物の風体、髪形、表情、仕草、動作をも想像して写してくださいと念を押す。

「シナリオの、何たるかが分かりますから」のアドバイスだった。

隣席の五十歳半ばくらいの大先輩から声を掛けられた。「学生さん…？」「ハイ」

「何で来ようと思ったの…？」

「結核の治療中で、就職もままならないから、書く仕事にでも付ければと思いまして」と嘘をついた。

「私は警察を定年してね…いろいろな事件を扱い、いろいろな人間を見てきたから、彼らを書いてみたいとおもってね」

と煙草のヤニで黄色くなった歯をニヤリと見せた。

馬場当先生

シナリオ教室の担任の先生が決まった。馬場当《マサル》という松竹大船撮影所組の脚本家だった。服装もお顔立ちも、髪形も眼鏡も実に地味な先生だった。映画界にいらっしゃるにしては極めて風采の上がらないオジサンだった。私は白坂依志夫風の少しキザな時代の寵児のごとき先生に習いたかった。当時、白坂はサングラスをかけ、白の上下を羽織るといったオシャレな男で、企画広告担当サラリーマンの壮絶な日々を描いた「巨人と玩具」（増村保造監督）や、伊藤整の「氾濫」（同）、剣豪小説の五味康祐にしては珍しく現代物の「うるさい妹たち」（同）、市川雷蔵を起用しての「好色一代男」（同）はいずれもどこか虚を突いており、深刻でなくユーモラスで面白かった。

反面、馬場はと云えば野田高梧の弟子にしては、家庭の中にあるちょっとした波紋をドラマにするわけではなく、強いて言えば「乾いた花」（篠田正浩監督）が目立つくらいだった。

この映画の池部良は「現代人」（渋谷実監督）以来の出来栄えで、ニヒルな世を捨てたヤクザが似合った。加賀まりこもアプレゲールで新鮮だった。

講義は大船脚本部でのお話しが主で、大船だから相当に文学的で家庭的で庶民的と思っていたら、けっこうコメディや軽い物、青春物に言葉を割いた。どこか品がよく、紳士で脂っこくない。私は大映が作る永井荷風物や谷崎潤一郎物などを高く評価していたので、人間のはらわたの中の見えない話だなぁ、と斜に構えていた。

「ドラマとは、女が一人いて、男が二人いて、その女を取り合う。それだけでドラマはできる。但し、時代というか、今が入っていなければ新しくない。夏目漱石の『こころ』のよ

うに取り合ったら挙句一人が自殺した。これは明治の話だ。『それから』のように取らせておいて、ずっと気になり世話をするという手もある。が、それも大正の話だ。今の若者ならば何うするのか、そこを取材し、想像し、新しい人間を描かなくてはいけない。すでに人が書いたもの、手あかのついたもの、予定調和なことを決して書いてはいけない。二番煎じが一番いけない。」

この言葉だけは当時のノートに汚い字で走り書きしていた。

講義と実践の教室で、実践は「橋」というテーマで、二〇〇字詰原稿用紙に六〇枚の宿題が出た。横の席の刑事上がりのオジサンは、すでに何やらストーリーの走り書きを始めていた。私は何を書いたものか、脳裏にある過去の橋にまつわるエピソードに思いを巡らせていた。みな、講話を聴くよりも、すでに書く態勢に入ったのか、鉛筆が紙に触れる音がシャワシャワと教室内に立ち始めていた。

「ストーリーを書くんじゃないよ。シナリオだから、登場人物の台詞で著していくんだよ。心を描くんだよ、心は言葉だよ。トリビアリズム（ユニーク、細部に拘ること）でね。」

それだけ言って、その日の講義は終わった。

ジェームス槇

中々、何を書いても、馬場先生から褒められなかった。「矢野くんのは、シナリオではありません、ストーリーですよ」。まるで映画「愛妻物語」での宇野重吉（新藤兼人）が、滝沢修（溝口健二監督）から叱られているようだった。

どうもストーリーとシナリオの違いが分からない。ストーリーが無ければ話は進まないはずだ。どうすればストーリーでなく、シナリオが書けるのか。

「先生、ストーリーとシナリオの違いが私にはまったく分からないのですが…」

「ストーリーは書くのです。シナリオは描くのです。シナリオとは台詞なのですよ。台詞が磨かれていれば、ト書きも何にも要りません。台詞がストーリーを生み出し、人を顕し、話を展開し、前に進めていくのですよ」

ストーリーは書く、シナリオは描く、それでもよく分からない。「台詞が凄ければ、ストーリーを越えるのです。」と、遠くで先生が力説しているが、そのメソッドが、方法が分からない。

「映画は①にホン（脚本）、②にキャスト、③に演出です。ホンが優れていなくては、どんな名監督が撮っても優れた作品にはなりません」

黒板に、アバン（摑み）、ファーストシーンへの導入、登場人物の自然な紹介、伏線、事件、葛藤、クライマックス、ドンデン、着地の余韻と、構成が書きだされていく。

「常に観客を裏切ること、客に先を読まれたのではお終いです。アバンでワクワクさせ、山場までを伏線で焦らし、最後に良い裏切りをする。すると客は面白かったと満足して席を立つ。説明はダメですよ。登場人物の性格も問題も、すべては行動と仕草と台詞で伝えるのです。台詞と伏線に知恵を絞りましょう。」

提出した「橋」の感想に入った。私も元刑事も俎上には上らなかった。

私のストーリーは、中学時代に体を売っていた同級生の女子の話を書いた。放課後、学校の廊下で男子生徒の袖を引き、近くの川の橋の上流の葦の繁る岸辺で体をひさぐ。男子たちは嫌がり、結局、いつも高校生のお兄さんたちを相手にしていた。ある日、学校の便槽に嬰児が落ちており、事件となり、その子が母親と町から居なくなるまでを書いた。主人公の少年はその橋を通るたびに消えた女子のことを思い出す。とそんな内容である。和泉雅子の「非行少女」（浦山桐郎監督）に多分に影響されていた。元刑事は県境に掛かる橋である。都会でヤクザを刺した少年が、きっと母親の待つ実家に戻ってくると、橋のたもとにあるボート小屋に張り込んでいる刑事の話である。橋のそばには貧しい少年の実家がある。少年の母と祖母の人となりも語られている。少年の生い立ちに同情を持った刑事の話だった。どこか、「張込み」（野村芳太郎監督）を思わせた。

先生がまた遠くで喋り始めた。

「ここを出たジェームス三木さんは、台詞を端から会得していましたね。それだけにああいう大それた筆名にしたのでしょう」

小津安二郎監督の脚本家ネームが「ジェームス槇」だったことは後で知った。

馬場先生はそれから八年後、「復讐するは我にあり」（今村昌平監督）の脚本を書いた。

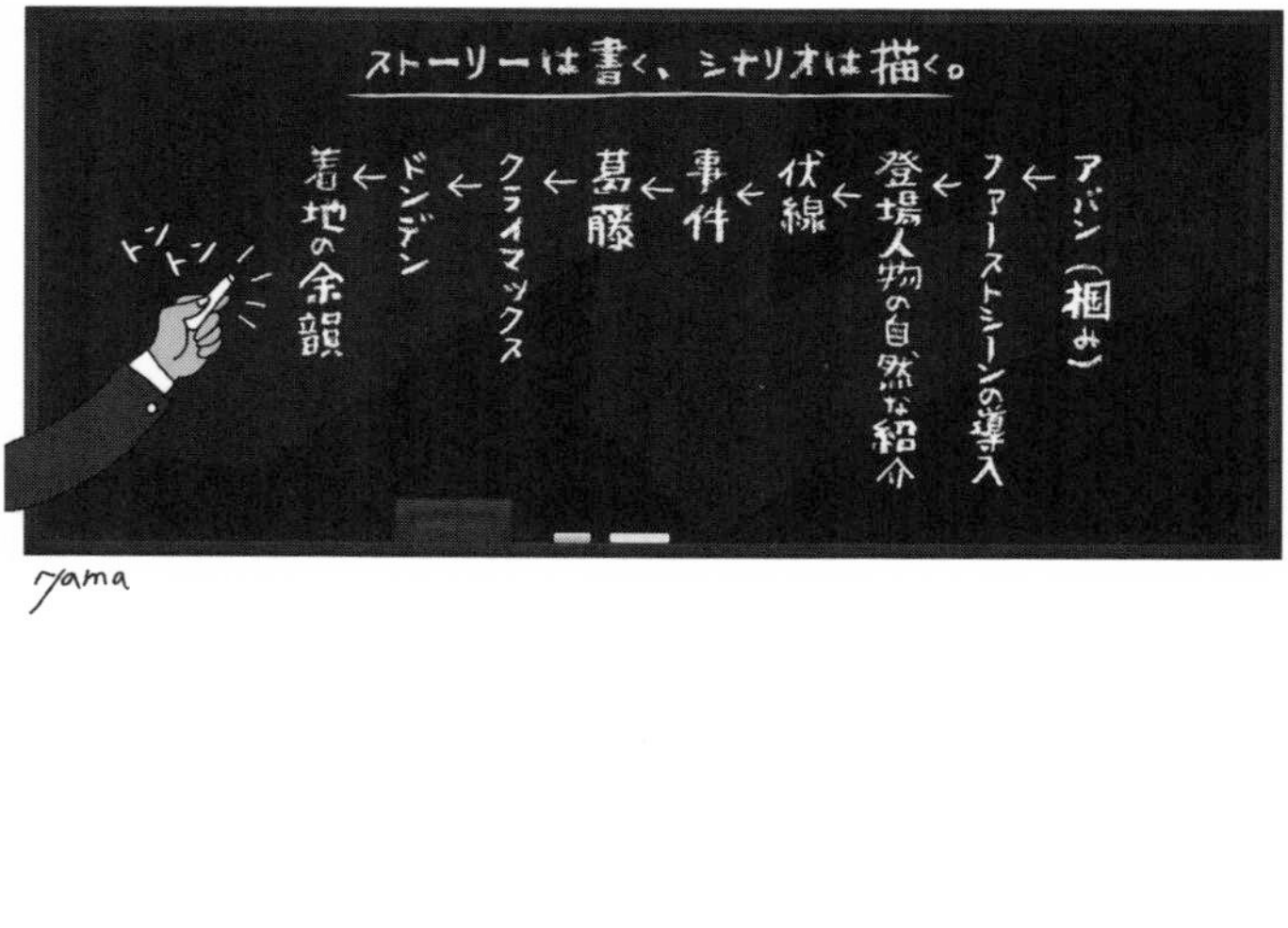

1970

昭和45年

赤旗の女

日曜日、夜中に降った雨が公園の緑を蘇らせていた。窓の下の神田川も水量が増し、活き活きと流れている。神田川は井の頭の池から始まる。南こうせつの歌にも唄われた神田川、私のアパートの横では川幅三メートルほどの小川でしかなかった。

川の向こうの草原から、二人の若い女性がこちらへ向かって歩いてくるのが見える。遠目ながら二人とも美人のように思える。どうせこちとらには縁なきものと、窓の隙間から見つめていると、しばらく視野から消えて、再び私の部屋の前で立ち止まった。消え入るような弱腰のチャイムが鳴る。ドアを開けず、窓越しに顔を出す。

「はい、なにか」

「こんど、こちらへ引っ越されたんですよね」

一人は太田雅子（今の梶芽衣子）似の勝気な顔をしている。一人は西尾三枝子（当時、日活）似の清楚な顔をしている。両者とも真ン中分けのロングヘアーである。そうカルメン・マキの髪型だと思ってほしい。四十五年程前の流行の髪型である。どちらもマンシングのポロシャツにGパン、白のハイカットのコンバースを履いている。

「赤旗新聞の勧誘をしているのですが、ご興味ありませんか…」

と太田似が云う。

「何新聞をお取りですか…」と西尾似が問う。私の掌のインコを見つけ、「あら、インコ」と二人声をそろえて驚く。

部屋に上がるように誘うと、二人は躊躇なく上がってきた。太田似が青のインコを掌に載せ、西尾似が黄色のインコを掌に載せた。どちらがオスでどちらがメスかと問われたが、分からないと答えるしかない。鳥の雌雄は分

かりずらい。多分、青がオスで、黄色がメスでしょうと答える。青は腹回りが太く貫禄がある。黄色はスリムで華奢だった。二人とも、インコの首の下あたりを上手に撫でている。

女性が部屋に来たのは初めてである。焦げた薬缶で湯を沸かし、リプトンの紅茶を出す。学校は牟礼にある東女の短大だという。東女短には美人は居ないと聞いていたから、少しビックリする。東京新聞を取っていると云うと、どこがいいのかと問う。文化面の充実、書評の力量が他紙と違うと答える。赤旗も充実している、ぜひ購読してくれないかと二人掛かり熱心である。東京新聞を辞めるつもりはないので、二紙を取る余裕は学生の分際では無理だと丁寧にお断りする。それでも両女はめげない、笑顔で押してくる。私はこのまこの二人とご縁が無くなるのも淋しいとも考えていた。心の中を見透かされたか、二人はならばと赤旗日曜版の見本を取り出した。政治経済から芸能まであり、くだけた肩の凝らない編集のように思える。全日版はのがれたが、日曜版という第二波の攻めに陥落し、印鑑を押した。私はこれからの淡い期待を内包して、彼女たちを見送った。

東京流れもの

アパートから歩いて五分のところ、前進座の横門の前に銭湯があった。

当時は銭湯は三時始まりで、清潔な一番風呂へ行きたいのだが、その日は夕刻になった。子供の頃、母から銭湯の湯船の湯で顔を洗ってはならんと厳しく云われていた。悪い菌がいっぱい泳いでおり、目に入れば飛び出し風眼とか云う眼病になり、目が爛れると口を酸っぱくして言われた。潜って遊ぶなどという事はとんでもないことだった。


母の言いつけを守り、長じてからも湯船では決して顔を洗わなかった。私以外、客はまだまばらで、ひとり悠々と浸かっていると、見た顔の男が二人入ってきた。一人は浦山桐郎監督の代表作「私が棄てた女」で主演をはった河原崎長一郎、もう一人は子役時代から映画に出ている弟の健三である。こんな有名人と会えるとは、さすが前進座横のお風呂だと感心した。

前進座は劇場の裏手に広い敷地を持ち、劇

団員とその家族は集団で暮らしていた。私はあまりにも「私が棄てた女」に感動しており、話しかけてみたかったが、なかなか傍に寄りがたい。客の少ない広い洗い場で、真横に座るのも気が引ける。映画では長一郎よりも、長一郎に棄てられた小林トシエの素朴で愚鈍な演技に感情移入した。二階の窓から落ちていく小林の姿は哀れの極みだった。長一郎は小林の肉体を慰みものにし、果ては棄てて乗り換えて生きていく。多くの男たちが似たような青春を過ごし、時に昔の女性を想いだし、悔恨の忸怩たる思いに捉われているのではないだろうか。浦山作品の中では、「キューポラのある街」（主演・吉永小百合）、「非行少女」（主演・和泉雅子）よりもこちらが優れていると思う。

二人はさっと洗い終えると、浸かりもせずに風呂場を出た。私もあわてて脱衣場に追いかける。下着を着けている最中に話しかけるのも野暮だと思い、表に出てからと考えた。二人が出ると、追って外に出た。外に一人、やはり女湯を出たばかりだろうか、色の白い可愛い女性が自前の風呂桶を持って立っていた。この人も見たことがある。一瞬気を取られたすきに、三人は目の前の横門の中に消えた。果たして誰だったか、よく時代劇に出ている女優さんだと思案しながら坂を下り、井の頭公園の中に戻った。

公園の北側の草地でホームレスたち六人ほどが車座になって酒盛りをやっていた。近寄ると、みんなで歌を唄っている。よく聴くと、竹越ひろ子の「東京流れもの」である。しみじみとそれぞれが低い声で唸っている。私の東京暮らしも、丁と出るか半と出るか分からない。彼らの唄い声を聴いていると、なんだか賽の目はどちらに出ても構わないような気もしてくる。それほどに安酒を嬉しそうに楽しそうに飲んでいた。

♪流れ流れて東京を
そぞろ歩きは軟派でも
心にゃ硬派の血が通う♪
（作詞　永井ひろし）

ふと見上げると、すでに夕の満月が出ていた。先ほどの女優の顔が浮かんだ、そうだ確か伊藤栄子だった。

渋谷ジァンジァン

私のアパートは井の頭一丁目にあり、窓から京王帝都井の頭駅のプラットホームが見えた。久々に井の頭線に乗り、渋谷に出ることとした。

ハチ公口から道玄坂を左手に見て右折、宇田川町はNHK放送センター方向を目指す。ふっと道玄坂に目をやると、小林旭が大股でカッコよく肩で風を切って歩いていた。しばし見とれてから歩を進める。行く先は東京山手教会である。オフホワイトの裾広がりの建物で、中央に大きくクルスのオーナメントが飾られていた。

ここの地下に「ジァンジァン」はあった。よく人はジャンジャンと書くが違う、「ジァンジァン」が正しい。教会の領域だけに地下に降りる時、十字を切ってから下った。まさにアングラ、もう五十年前のことである。

この日は学生仲間で噂の「頭脳警察」が出るということで、観に行ったのだ。パンタ（中村治雄）とトシ（石塚俊明）の二人組である。仲間の評価では、ＪＡＺＺとロックの違いがあり、一概に比べようはないが、山下洋輔トリオのドラム森山威男よりも、トシの方が力があるということだった。狭い地下ホールはベルボトムの男たちと、ロングヘアーセンター分けの女たちでいっぱいである。中央のステージに長髪の二人が出て来る。出囃子らしき、♪頭脳警察に　たーよればー♪から始まる。パンタの体の奥の、地の底から吐き出すようなシャウトが館内に嵐を起こす。なるほどトシのスティックさばきは力強く、この世の不条理を打ち砕かんと怒りをぶつけていた。尾骶骨から肺腑を抜けて、頭脳の海馬まで響いてきた。命を削るような二人のプレイに心底魅了された。

東映任侠映画もすたり始め、鶴田浩二も健

さんもすでにマンネリ化していた。頼るべきものが無くなった時代、この二人に頼れる感があった。無頼でアナーキーで狂気に満ち満ちていた。エレクトリック・パーカッショングループと評論家は評していたが、私はアナーキー・テロリスツと形容してみた。

東京で就職するか故郷に帰るか、モラトリアムの時期だった。一年前、大菩薩峠事件で多くの学生が凶器準備集合罪で挙げられ、半年前のよど号組は北朝鮮に渡った。ほとんどの学生は長髪を切り、就職活動に東奔西走した。いちご白書である。右顧左眄、日和見、時代に合わせて自分をコロコロ変えていった。わざと忸怩ぶりながら、自己嫌悪ぶりながら、どこかニヒルな無頼を気取っていた。

思い出せば、このジァンジァンで「ザ・モップス」というグループに遭遇した。ボーカルはまだ無名に近い鈴木ヒロミツ、「朝まで待てない」が小ヒットしていたが、面白ソング「月光仮面」大ヒットの前年の話である。

翌年九月、ロンドンからレッド・ツェッペリンが初来日した。武道館のチケットを入手し、友と観に行った。ロバート・プラントは長い革の鞭を振り回しながら、ライオンを仕込む調教師のように床を叩きながら登場してきた。頭脳警察は負けていないように思えた。

青春のジァンジァン、今はすでに無い。

かけおち

朝、ドアのノックに起こされた。

ドアを開けると、幼馴染の友が立っていた。

「おお…どうしたん?」

と声をかけると、友の後ろに消え入るように可愛い娘さんが佇んでいる。

「おお…どうしたん?」

少し狼狽して、また同じ言葉を吐いてしまった。友とは幼稚園時代からの仲である。小中高も同じ学校で、クラスもほぼ同じであったが、高校の二年の時、彼は理系に私は文系にで進路が変わった。私は東京の私立へ行き、彼は長崎の国立へ行った。

しばし表に待たせ、そそくさと衣装を着替え、部屋に招き入れた。娘さんは二十歳くらい、小柄だが中々の美人である。原田美枝子似であろうか。二枚だけある座布団を勧めるが二人とも遠慮して敷かない。友は胡坐をかいたが、彼女はずっと正座をし俯いている。

インスタントコーヒーを淹れ、寡黙な彼女には気散じにインコを手渡す。

「で、どうしたん?」

と、コーヒーを啜りながら問う。

「うん、彼女は短大の保育科に通っている保母さんの卵なんだ。付き合うようになって一年たつが、親が結婚を許してくれない」

「親が許すも許さぬも、二人とも大人だし、何の束縛も拘束もないじゃないか。自由じゃないか」

「それが彼女は一人娘で、お父さんはオレが養子に来るなら許すと云うんだが…」

「じゃあ、養子に行けばいいじゃないか」

「ところがうちの親父が、オレも一人息子だから絶対許さないと云うんだ」

「しかし…まだ学生の身分だし、別に急ぐ必要もないだろう。就職が決まって働き出してからでいいだろうに…」

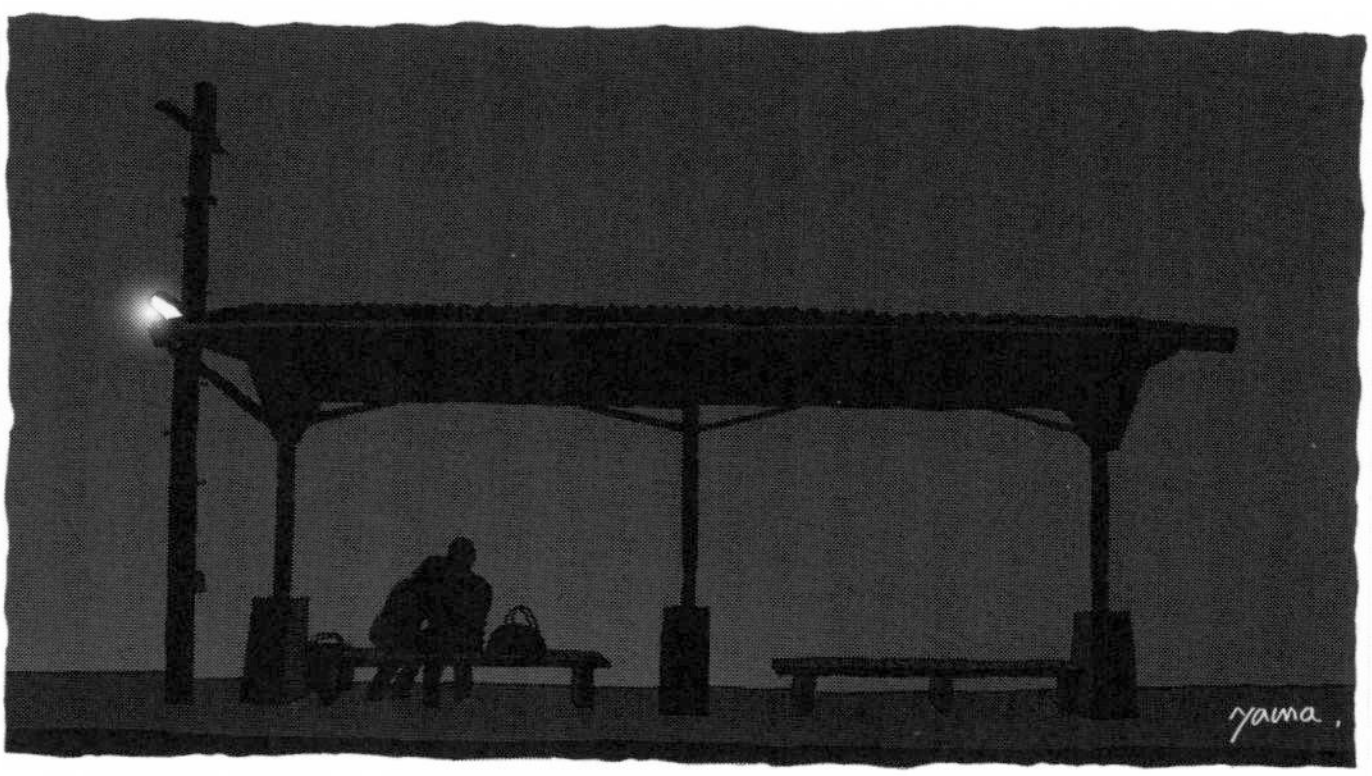

しばらくの沈黙があって、

「実は彼女のお腹には、オレの子がいるんだ」

彼女の首が急にストンと項垂れた。私は彼女の頭部を見やりながら言葉を呑んだ。

「二人でどうしていいか分からず、昨夜、さくらに乗ったんだ。東京駅に着いたもののおまえのアパートしか知らなくて…」

「かけおち、か…」

彼女はますます小さく小さく身を締めていく。

「俺は今から学校に行かなくては…。どうしても落とせない科目があるんだ。夕方までに戻ってくるから、これからのことは晩飯でも食べながら相談しょっ、なっ」

即席ラーメンや食パンの場所を教え、「冷蔵庫の中の物は自由に」と云って部屋を出た。学校までは井の頭公園を突っ切って徒歩で行く。日頃は気付かなかったが、途中に産婦人科が多くあることを知る。

授業を終え、得意の野菜炒めでもと考えマーケットで買い物をして戻った。ノックをしたが、人の気配はない。部屋は冷え冷えとしてもぬけの殻のようだ。上り框に置手紙が置いてある。

「なんとか自分たちで考えてみる。子供のことも。突然、ごめんな、ごめんな」とあった。

外は時雨になった。二人のか細い後ろ姿が脳裏で揺れた。

小さな日記

下宿からアパートへ移ってみると、寂しさはより募った。私の夢想していた出会いなんぞ、微塵もやってこない。

自由になった分、不自由さも増した。尾崎放哉の「咳をしても一人」がしみじみ心に突き刺さる。父が田舎から抱えてきたインコは横でばたばたしているが、インコはつがいである。私は独りである。部屋には重たい空気が充満し、淋しさとやるせなさが淀んでいた。

肺結核の治療はもう一息と云うところである。伊豆のゼミ旅行以来、授業にも真面目に出席し始めた。家庭教師のバイトにもありついたので、生活費を稼ぐために雀荘へ行く必要もない。第一、学生同士のマージャンはレートが低すぎる。レートは高いほど緊張感があり、脳の回転も鋭くなる。背水の陣のマージャンでないともう痺れない。それでも、部屋の炬燵の天板には毛布を掛け、常に麻雀牌を広げている。暇さえあれば牌を握っている。それだけでも勝負勘は落ちない。積込みの練習も日夜欠かさない。だが、やはり虚しい。

大学も四年に成れば、皆恋人を持っている。中には二人でベビーを抱いてキャンパスに来る同級生もいる。同棲中の者はざらに居た。私はいつも欅の大木の下に佇み、昼の哀しい月を眺めていた。

その頃、私の大学から一つのフォークグループが世に出た。「フォー・セインツ」と云う。彼らの「小さな日記」は学園祭から歌われ始め、日本中の若者たちの心をつかんだ。詞は山に消えた恋人を想う歌であった。

もう一人同級生に風戸裕と云うカーレーサーがいた。彼は当時筆頭レーサーの生沢徹（画家・生沢朗の長男）を抜く男、F一に最も近い男と注目されていた。すでに平凡パンチやプレイボーイに度々登場していた（これか

ら三年後、風戸は富士グランドチャンピオン・レースで事故の巻添えを喰い、炎に包まれて死んだ。二十五歳だった)。

皆みんな、世に出始めていた。

「世に出たい、世に出たい」と叫んでみるが、思いだけが空回りしていく。もうマスコミの寵児になっている男たちもいると云うのに私はこんなところで何をしているんだろう。恋人一人作れず、井の頭公園の侘しい南側の道を途方に暮れて歩いている。この世はひとつも面白くない。青春なんて文字面だけの欺瞞で、決して夢や希望のある美しい季節ではない。

急にT子のことが思い出された。

高校時代、山国川の河原でデートをしたが、手も触れず、ただ夏の星座を隅々まで教えた子である。北九州の短大へ行ったと、風のうわさに聞いていた。住所を聞いて手紙を出そうか、何をたわけたことを。一度離れた恋を蒸し返しても、男の器量が小さくなるだけだ。敵は私の魂胆を見抜くことだろう、水鳥が飛んだ。

「小さな日記」が口をついて出た。

♪小さな日記につづられた
小さな過去のことでした
私と彼との恋でした
忘れたはずの恋でした♪

(作詞・原田晴子)

「今度は秋の星座を教えてね」の声が、脳裏でこだましました。

合い鍵

私の真上の部屋に、二歳上の友が住んでいた。何でも名古屋のカソリック系の大学を中退し、上京してきたのだった。同じ学部、同じ学科だったが、三年のゼミからは別々になっていた。彼の部屋にはステレオが鎮座していた。当時、コンポーネントが流行りで、彼の組み合わせは、ターンテーブルはコロンビア、チューナーとアンプはＳＯＮＹ、スピーカーはパイオニア、一式で二十万円くらいの代物で、今に換算すると百数十万と云うところだろう。もちろん針は長岡である。

彼はビートルズに傾倒しており、彼らのＬＰはほとんど持っていた。レコードが回りはじめると、しっかり埃取りのスプレーをかけて、丁寧に丁寧に拭き上げるのである。コーヒーを淹れ、バッタ屋で買った中古のソファーに腰掛け、ビートルズの世界に浸るのである。壁にはアビーロードを始め、四人組のポスターが所狭しと貼られていた。

ある日、彼が部屋の合い鍵をくれた。

「昼はほとんど部屋にいないから、聴きたいときは勝手に入って聴いていいよ」

　下宿時代はすべて襖だったので、先輩の部屋に入り、自由に本箱から本を借りていたが、アパートとなると躊躇する。何かが無くなったとなれば冤罪でも溝ができる。その由を告げて固辞したが、「そんな心配をするくらいなら、鍵を作って来たりはしない」と渡された。

　私はまだ結核で家庭教師以外のアルバイトをする体力はなく、単位はおおむね順調に取っており平日でも暇を持て余していた。彼の言葉に甘えて入り込み、私の好みのビートルズを聴いていた。

　初期のものが好きで、「アンド アイ ラブ ハー」「イエスタデイ」「ガール」「オール マ

イラヴィング」「レットイットビー」「ドントレットミーダウン」「ヘイジュード」「ザロング アンド ワインディング ロード」、部屋を辞する前にもう一度「アンド アイ ラブハー」を聴いて自室に戻るのである。

「アンド」には高校時代、非常な思い出があった。私の片想いの子が好きだと云っているのを小耳にはさんだ。私も受験勉強の合間にこの曲を聴いては、プラトニックの切なさの中に染まっていた。今でも♪ツツツン ツツツツ ツンツツ♪というイントロを聴くだけで甘い金縛りにあう。

よく晴れた日曜日、二階の部屋から「ツイスト アンド シャウト」が聴こえてきた。おや、珍しく今日は居るのだなあと思い、出来たての味噌汁を鍋ごと持って階段を上がった。

ノックをしても返答がない。曲は鳴っている。わりと音量が大きいから聞こえないのだと一人合点し、合い鍵で部屋に入った。友はベッドに居て、友の体の下に長い髪の女性がいた。瞬間、動転し、慌てて鍋をもったまま部屋を出た。

曲は「蜜の味（テイスト オブハニー）」に変わっていた。私は彼の部屋に鍵をかけ、合い鍵をドアの下の隙間から中へと入れた。

夜明けのスキャット

下宿を出て、初めての深い秋を迎えた。井の頭の木々は葉を落とし、幹の中に冬に備えるための力を貯めはじめた。アパート暮らしは自由で気楽だったが、その分侘しさ寂しさが募る。壁の薄い部屋で隣室の気配が微かに読み取れる。今日は女が遊びに来ているようだ。こちらの気配も悟られぬよう、ラジオを消した。

男はC大法学部の学生だ。ギターを爪弾いている。トア・エ・モアの「ある日突然」のように聴こえる。ギターの音が止まった。直ぐに女の嬌声がしたが、それも一瞬の事だった。息をひそめて、耳をそばだてる。アンリ・バルビュスの「地獄」の主人公の気分だ。ひたすら聞き耳を立てたが、以後は何も聞こえなかった。

ラジオを入れると、ちょうど由紀さおりの「夜明けのスキャット」が掛かった。隣室からの音はなく、森閑とした夜である。私は孤独の上にストーブもない。夜の寒気が身に沁みる。またくぐもったような嬌声が聴こえた。ラジオを消すわけにはいかない。私は「地獄」から抜け出すために、井の頭駅前の屋台へ向かった。二人を安心させるために、ドアをわざと大きな音で閉めた。

屋台には若い同棲中らしき学生がいた。銭湯帰りか、二人とも脇に桶を置いている。男は紺の、女は赤のお揃いの綿入れを着ている。女は髪をアップに巻き上げている。うなじの白さが目に沁みる。二人は無言で、出されたオデンもそのまま冷えているようだ。そばにいる私もその緊張感に圧迫されていく。心で、間の悪い時に入ったものだとツキの無さを嘆く。女が切れ切れに男に耳打ちをする。何を言っているかは皆目聞こえない。

「ごめん…」と男の重い声がした。

女がまた急かすように、耳打ちをする。

「わるい…すまん…」

男はそう云うと、バツが悪そうに私を見た。私は聞こえてないふりで視線をそらす。盗み見ると、綿入れの下はピンクの御揃いのセーターを着ていた。熱燗を一合呑んだところで、勘定をして早々に出た。

アパートまで歩いて五分、駅の裏手の階段を下りて、叢の道を神田川沿いに戻る。隣室の電気は点いていた。ドアを静かに開けて音のせぬように斜めに入る。入れ替わりに隣室のドアの開く音がした。流しの窓を透かして見ると、薄明りの下、女は長い髪をしている。男が夜道を送らないのはおかしいと思っていると、女は錆び止めを塗った朱の鉄の階段を音がせぬように二階へと上がっていった。ああ、端の部屋の美大生かと合点がいった。

翌日の昼下がり、公園の池の縁を散歩していると、ピンクのセーターの上にダッフルコートを羽織った男女が吉祥寺側の婦人科から出てきた。男は戦友のごとく、女の手を肩に回し、腰に手をやり、しっかり抱え込んでいる。女の顔色は蒼く、足取りはフラフラと覚束なかった。昨夜の屋台の二人だった。

二人の時は止まっているように見えた。

花&風

私の学生時代、「女」という生き物は身の回りにケもなかった。それが誇りでもあった。連日、雀荘にこもり、ＪＡＺＺ喫茶でとぐろを巻き、のんだくれ、土曜の夜は吉祥寺東映でオールナイトを観る。強烈に評価するのは「昭和残侠伝」シリーズである。とくにマキノ雅弘監督版。理由は高倉健の花田秀次郎と、池部良の風間重吉が凛々しくていいのである。功名も、金も、女も、一切求めていない美しい男が雪の太鼓橋を越えて乗り込んで行く。高倉はダンビラ、池部はドス、死ぬ気の男には色気がある。ケンさんの「唐獅子牡丹」が館内いっぱいに流れる。深夜ここに居るのは、地方出身の学生と、ヤクザと、ヤクザの連れの水商売のバシタばかりである。

「待ってました、ケンさん！」「ケンさん！」「ケンさん」「ケンさん！」「リョウ！」「リョウ！」の掛声が随所からスクリーンに掛かる。みな日ごろの暮らしのウラミツラミを、この二人の斬り込みに賭けているのである。

♪親にもらった大事な肌を
墨で汚して白刃の下で
積もり重ねた不孝の数を
なんと詫びよかオフクロに
背中で泣いてる
唐獅子牡丹♪

（作詞作曲　水城一狼。映画挿入歌詞）

「ご一緒させて頂きます」の池部の錆びた声、男同士の相合傘、二人とも泥藍大島紬の着流しである。東映の暗がりで、昼間萎えていた気持ちがほむらの如く蘇ってくる。観客の男たちの肩が七三に怒ってくる。紫煙がいっせいに吹き上がる。前の席の背もたれに両足を上げているヤカラたちもいる。化粧の浮いた

バシタたちは極道の肩に寄りかかっていく。東京には出てきたものの、いい賽の目が出ない連中が淋しい魂を寄せ合っている。

　男の行く道は二つしかない、赤いオべべ（棺桶着）を着るか、白いオべべ（刑務所着）を着るか、である。母の深夜まで働く姿を思い浮かべながら、♪何と詫びようかオフクロに、に酔っていく。東京砂漠の辛さを傷ついた獣のように、東映という穴倉の中で心の傷を舐めている。学校はすでにドロップアウトの体たらくで、あしたが見えない。単位の取得は、その先の就職はどうなるのだろうか、不安がよぎる。孤独を無理やりストイシズムで誤魔化している。

　花田（高倉）と風間（池部）は共に惚れた女を振り捨てて死出の旅である。男の憧憬の姿はこの「花&風」コンビにある。池部は息絶え、高倉は血みどろの深手、背中でただ唐獅子のみが空しく吼えている。拍手が鳴り終わるころに、館内の電気が点る。ヤクザたちはより肩を怒らせ、夜だというのにサングラスをかけ、女は邪魔だとばかりに大股で先に行く。学生たちも肩を怒らせ、目に角を立てている。全員けんか腰なのだが、といってガンを切り合うわけでもない。背中はどこか淋しげ気で、ナルシズムに浸りながら、夜明け前の吉祥寺の街に消えていく。

　それにしても、いくら肩をいからせても、アイビールックで身を固めていることだけは仁侠映画と似合わなかった。今でもそれだけは忸怩としており、青き日の自己嫌悪である。

金沢彷徨Ⅰ

五木寛之の『風に吹かれて』(読売新聞社・刊)を読んでいたら、急に能登へ行きたくなった。冒頭の写真で彼が腕枕で寝そべっているのは金沢の浅野川河畔であろう。ザックに旅行セットを詰め込み、時刻表で汽車を選ぶ。夜行急行「北陸」、上越線から北陸本線へ、一直線に金沢へ向かう汽車である。四人用のボックスに私一人だった。

途中、越後湯沢駅を通る。駅のすぐそばからスキー場のような雪の町である。この温泉町に本当に「駒子」は居たのだろうか。川端康成の全くの虚構か。岸恵子の角巻の姿が思い出される。眩いばかりの夜の白い底を見つめながら、ポケット瓶の安ウイスキーを胃の腑に流し込む。

通路を挟さんだ横のボックス席に若い女性三人組が居た。二十代半ばくらいだろうか。もちろん、正視はしない。窓ガラスに映る他愛もないはしゃぎようを見ていただけである。

リーダーらしき色白の狐目の女が声を掛け

てきた。

「どちらまで、ですか…」

「金沢です」

「一人旅ですか…」

「はい」

「観光ですか…」

「いや、ただ浅野川を見に…」

「ご一緒にどうですか」

「あ、いや、皆さん楽しそうですから…」

もう一人がリーダーの袖を引いた。

ワンカップの日本酒と竹輪が差入れられた。

私は車窓の暗い闇を見つめている。遠くに人家の灯りがポツリ、ポツリと流れ去っていく。直江津を過ぎる。日本海に出る。日本海の波が闇の中に白く牙をむく。すでにハイライトを一箱吸いきっていた。ザックから次の

箱を出す。強く低い波の音が虎落笛のように耳に迫る。ふと東京は嘘の街だなと脈絡のない事を思う。

トイレに立つと、洗面所でさっきの狐目さんが体を丸く折り曲げて苦しそうに吐いていた。吐瀉物が流しの溝に詰まり、女は吐ききれないのか呻いている。顔色は青ざめ、今にも座り込みそうである。私は女の背をさすりながら、吐瀉物に手を入れ、流し口に詰まった汚物を少しづつ潰し、水で流し続けた。

飲み屋の子だから、お客の吐瀉物を貝杓子で掬いとり掃除するのは、私の小学校時代からの仕事だった。なんで衝動的に手づかみでいったのか、差入れへのお礼もあったが、声を掛けてくれたこと自体を恩に思っていた。すべて流し終え、うがいをさせて席へ戻した。

翌朝、「北陸」は金沢駅に着いた。降りようとすると、女三人が深々と頭を下げ、昨夜の礼を言う。名前と住所を訊かれたが、「良い旅を」とザックを摑んで別れを告げた。

目指す浅野川べりへ行き、天神橋から、主計町をしばし逍遥する。医王山が見える。北陸の風は冷たい。ここに来れば、何か書けるのではないか。風に吹かれながらコンクリートの土手に座り込んでいた。

金沢彷徨Ⅱ

天神橋の方を見ていると、汽車の三人が歩いてきた。狐目さんが駆け寄ってくる。

「ほら、やっぱり、いた」と手を振る。

「今日はどちらまで」

「兼六園を散策したら、犀川の方へ足を延ばそうと思っています」

「じゃあ、兼六園までご一緒しませんか。昨夜のお礼にお昼もぜひ…」

断りきれず、兼六園まで行く。木々はすべて雪吊りを施しており、それ自体が均整がとれていて美しい。庭は小堀遠州作と案内版に書いてある。卯辰山を借景とし、奥行の深い見通しのいい造りである。

園から五分ほどの路地の「おでん屋」に入った。店名はもう四十四年も前の事で忘れたが、垂れ下がりの長い三枚暖簾で、境目がよく汚れており、人気のお店だなと推察した。

我が家も飲み屋で、冬はおでんが主力だった。鶏ガラで出汁をとる。目に白い膜のかかった全身骨だけのガラを幼い頃から気味悪く眺めていた。金沢のは薄口の品のいいおでんで、九州のような褐色の卵や大根はなく、すべて淡いセピア色のおでんだったが、出汁は味わい深く乙で高尚なものを感じた。

女たちが女将さんに冬の名物を訊ねていた。

「ズワイ、甘エビ、あとは能登の寒鰤、犀川の鮴、のどくろ、くらいかねーぇ」と、京風の金沢訛りで答えてくれた。

「お泊りは?」

「卯辰山のユースホステルです」

開所してまだ五~六年のホステルで、泊まり賃は朝夕食付きで七〇〇円くらいだったと記憶している。彼女たちは東茶屋街あたりを観光すると、おでん屋を出てから何度も何度も振り返り、見返りしながら別れた。

私は西茶屋街の方へ向かった。浅野川と対

を為す犀川界隈である。室生犀星が生まれ育った町を一度ゆっくり逍遥してみたかった。私生児として生まれた男、実の両親を知らぬ男、

「夏の日の匹婦の腹に生まれけり」

この句の中に生い立ちの哀しみが溢れている。まず彼が幼き日を過ごしたお寺、雨宝院を訪ねる。犀川大橋から桜橋を川面の重く鈍い照り返しを見つめながら歩く。雪が降り出した。彼に、「足羽川のほとり」というエッセイがある。中に、「ふるさと」という詩がある。

「雪あたたかくとけにけり／しとしとしとと溶けにけり／ひとりつつしみふかく／やわらかく／木の芽に息を吹きかけり／もえよ　木の芽のうすみどり／もえよ　木の芽のうすみどり」

まだ無名時代の詩である。早く春が来てほしいと、木の芽にまで、息を吹きかけている。木の芽は自分自身の事かも知れない。不遇の長かった男は、大成してからもほとんど金沢に戻らなかった。

「ふるさとは遠きにありて思ふもの／そして悲しくうたふもの／よしや異土の乞食となるとても／帰るところにあるまじや」

ふと中津の山国川が思い出された。帰りたいなぁ、帰れないなぁ…。

眠る獅子

再び夜行で金沢を後にする。

車窓から夜空を見上げると、北に光る大きな星が私を見つめていた。ふっと高校時代に自殺したMの顔が浮かんだ。お互いこんな世の中に生まれて来たくなかったな、と話し合っていた友だ。結局、Mの自殺の原因は成績が上がらなかった所為にされた。当時、一クラス五〇人体制で一学年九クラスあり、九組は文系の一—五〇番、八組は理系の一—五〇番、一学期毎の実力テストで一般クラスとの入れ替えがあった。文系五一番なら、下のクラスに落ちていく。Mは落ちて行った。まだ失恋で死んだ方がカッコ良い。悪いが、くだらぬ死だった。

「Mよう、オレはまだ死なないよ。オマエは死んでラクになったろう。今頃は涅槃でのんびり結跏趺坐《けっかふざ》しているのだろう。何をあくせくと下界を見下しているのだろう」

「寛治、いい大学へ行って、一流会社に入って、良いところの娘を嫁にして、子を作って、孫だ孫だと親によろこばれて、そこそこ出世して、家のローンは三〇年、やっと払い終えるころには定年して、年金で暮らせないから再就職。運が良ければ孫でも抱けるが、禿頭になり、筋肉は衰え、やがて目は霞み、指は震え、血管の筋は醜く浮かび上がり、顔は染みに皺だらけ、尻の肉は垂れ、認知がでて、徘徊老人になって、病院で管に巻かれて哀れな老衰、グッドバイ。先のことはすべて完璧なシナリオのように見えているじゃないか。」

「判っている、分かっているんだ。ただ、オマエの云う通りになるかどうか、確かめてみたい。多分、きっとオマエの云う通りだろう…。オマエのシナリオ通りならまだいいかもしれない。もっともっと酷い人生かもしれない、が…もう少し惑って迷って、うろたえてみたい。」

Mの顔が車窓から消えると、北の大きな星も消えていた。日本海の荒波の音がドドーンと鼓膜に響く。同時に前田純孝（翠渓、明治十三年―四十四年）の短歌が浮かんできた。

人のため流るる涕のこるかや
我もたふとし尚生きてあらむ

自殺したMが成績が落ちたのは明白だった。高校生の分際で「文学界や群像」を読み始めたからだ。日々、主要五科目に徹していればよかったのだ。要らざるものが彼の脳裏に入り込んでしまった。文学に目覚めなければ、順当に成績は伸びていたであろうし、健やかな高校生活であったろう。青春の隘路は「文学と恋愛」だ。魔風恋風が胸の中に吹き始めた輩も、概ね一般クラスへとカンダタのように落ちて行った。享楽主義、頽廃主義、虚無主義、堕落への憧れ、高校で酒に煙草を覚え、映画にかぶれ、文学に淫する。その上に女か…。落ちこぼれていく者はそれらに全ての罪を被せる。

Mの以心伝心のようになるのか、ならぬのか。帰京したらしばらく生活を正し、友の囁きに抵抗してみようと思う。

岩にぶつかる波の音が獅子の咆える声に聴こえた。汽車は東京を目指していた。

わが胸に眠る獅子あり目をさまし
立てがみたてて咆ゆる日あれど

（前田純孝）

わが胸に
眠る獅子あり
目をさまし
たてがみたてて
咆ゆる日
あれど
yama.

黒い喪服の女神

学生の頃、好みの唄と云えば、ひばりの「悲しい酒」、西田佐知子の「アカシアの雨がやむとき」、藤圭子の「夢は夜ひらく」、北原ミレイの「ざんげの値打ちもない」。そこに淺川マキが加わった。

神田共立講堂の時、淺川はスタッフ紹介で、「ピアノ、シダラコウジ」と叫んだ。シダラコウジ、シダラコウジ、あの設楽幸嗣かと驚く。彼は子役の大スターだった。学校から先生引率で観に行った「黄色いからす」（五所平之助監督）では復員してきた父（伊藤雄之助）に懐かない子供を。名監督小津安二郎さんの「お早よう」では、テレビを買ってくれと無言の抵抗を父（笠智衆）に行う不貞た長男役を演じてた。彼のおかげで小学校時代に「チェッ」と云う舌打ちを覚えた。「冒険王」や「少年ブック」などの表紙を鮮やかなスマイルと白い歯で飾っていた。

他のバックも凄いメンバーで、うろ覚えだが、ギターに坂本龍一、まだ芸大の学生と紹介されていた。ドラムにつのだひろが居た。

共立講堂の中は超のつく満員で、学生、やさぐれ、労働者が押しかけており、みな一触即発のアナーキーさを漂わせていた。汗臭く人間臭く山の飯場を髣髴させる。ヘルメットの連中、ゲートル、腹巻、タオル鉢巻、始まる前から館内は勢いづき、どこかで酒盛りをやっているのか、ジンや日本酒の匂いが流れてくる。

黒づくめの女神が舞台中央に現れると、館内の野卑野蛮さは掻き消え、水を打ったように鎮まった。「よく来たわねぇ」と、低いか細いちりめん声がマイクから流れる。ウォーッと云う蛮声と、雷鳴のような拍手が鳴り止まない。

「夜が明けたら」から、入る。

「ふしあわせという名の猫」

「淋しさには名前がない」

と三曲静かなバラードが続く。

四曲目のドンカマが入る。

館内に「待ってました！」の蛮声がとどろく。みんな総立ちである。顔が嬉々としている。座ってられるかい。東京に出て来た田舎者ばかりが、体の奥底に潜んでいる淋しさを空中に噴出させる。

「ちっちゃな時から」である。

♪ちっちゃな時から
浮気な
お前でいつもはらはらする
おいらはピエロさ（作詩・浅川マキ）

失恋をしたむさい男たちが館内で涙ぐんでいる。拍手とブラボーが止まない。こんなに一曲、一曲の間の拍手の長い歌手を知らない。彼女は黒い喪服を着た団塊世代の女神だった。「山河ありき」で終わる。

アンコールの声が鳴り止まない。

再び強いドンカマが鳴り響く。また総立ちである。私はここぞと目立たぬように中央の通路を歩いて舞台に近寄り、縄で三角形に縊られた一升瓶三本をマイクの前に置いた。歌の終わりに、大拍手にまぎれて私は彼女に柏手をうち深々と拝んだ。ツワイスコールが鳴り響く。

再び女神は現れた。ラストは「かもめ」である。みんな胸に真っ赤な薔薇の贈り物を頂いて、夜の街に散った。

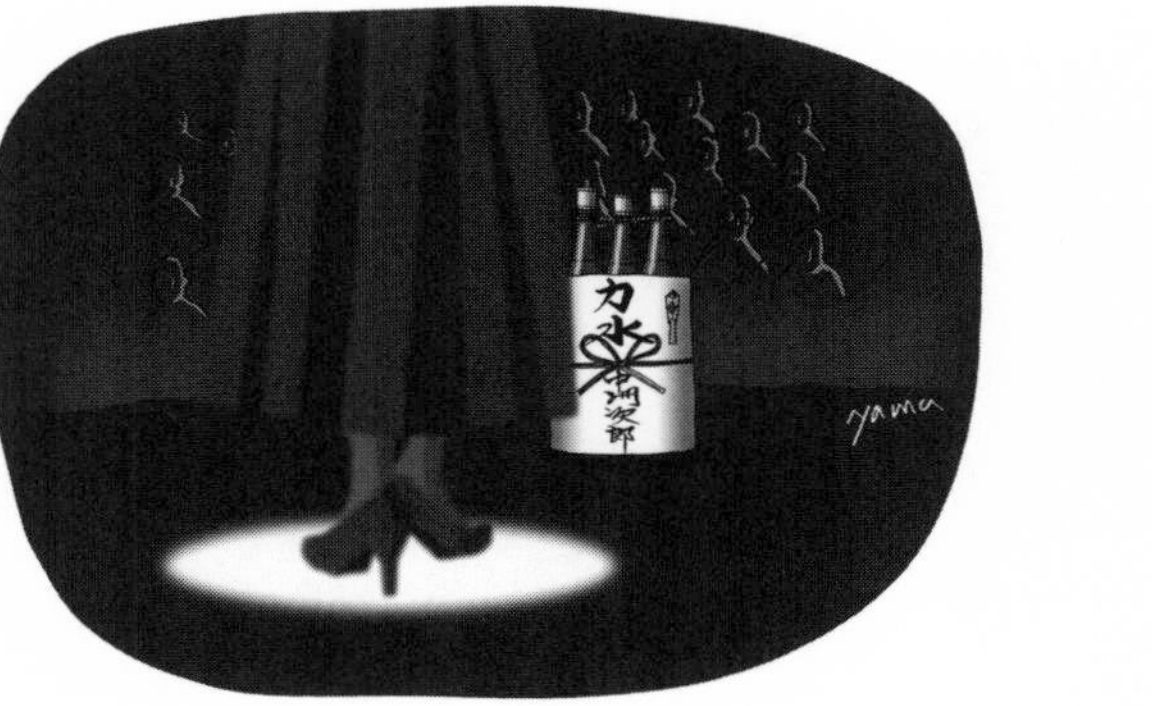

父の上京Ⅰ

昭和四十五年、留年することなく四年に上がった。皆は春休みに大阪万博を見に行ったと昂奮気味に話している。日本中のラジオやテレビから、三波春夫の♪こんにちは　こんにちは　世界の国から♪が流れていたが、一向に興味は湧かず鬱々とした日々を過ごしていた。

父から突然、上京の知らせがあった。

幼馴染が、「M」という総合商社の繊維本部長常務をしていると云う。オマエの就職についてお願いすることにしたから、今度の日曜日に自宅を訪ねるとの事だった。マスコミに行きたいのが本音だったが、商社Mなら友にも肩身の狭い思いをすることもなく、心は動いた。

父とは尋常小学校までの同級生で名をHと云った。大分の中学（旧制）へ行き、神戸高商に進み、Mに入社したと聞いた。もともとは繊維が主力の商社とは聞いていたが、この頃は「糸」へん業種はすでに廃れはじめており、

「金」へんも厳しい時代に入っていた。万博で景気を煽ってはいたが、いざなぎ景気も翳り始め、大学生の就職は理系はまだしも、文系は厳しい年だった。

当日、東京駅に父を迎えると、一張羅の灰色の背広を着て、紺の無地のネクタイをしていた。商売人だから、父のスーツ姿はあまり見たことはなく、黒の短靴は磨かれてはいたが深い皺が多く刻まれていた。父は手に三本の清酒と自然薯を一〇本ほど携えて降りてきた。慌てて清酒の荷を持った。

「西の関、八鹿、薫長、故郷の酒が珍しいと思ってな…」

「また山芋かい…」

「東京の人は喜ぶんだよ」

父は彼からの年賀状を持っていた。住所は

板橋区四葉となっている。板橋駅に着き、交番で場所を尋ねると、歩くには遠いと云われる。タクシーに乗り、四葉に向かった。着いた辺りは緑多い閑静な高級住宅街で、Hの家はすぐに判明した。大きな平屋の方形の家で、塀は聚楽色、門柱から玄関までに前庭がしつらえてある。飛び石の左右に椿、沈丁花、楓が植えられ、楓の若葉が四月の風に気持ちよさそうにそよいでいる。門柱のインターホンを押そうとすると、父が待てと云う。

「約束より早くお邪魔するのは、先方にも都合があって慌てさせるといけないから…丁度もいかにも構えていたようで悪いから、三時を一、二分過ぎてからお邪魔しよう」私たちは門柱の石段前で一五分ほど時間を潰すことにした。

「それにしても立派な家だなぁ…あいつも出世したもんだ…大したもんだ」

と、父はHの家を見上げて独り言ちている。今の我が身との差に一抹の淋しさがよぎっているようだった。

一〇分ぐらい待った頃、白衣を着た痩躯の初老の男性が横丁から現れ、私たちを怪訝そうに見つめながらインターホンを押した。

「あら、お待ちしてました、どうぞ」

の女性の声がし、彼は家の中へと招きこまれた。父と私は顔を見合わせた。

父の上京Ⅱ

三時二分になった。

父はおもむろにインターホンに手を伸ばし、姓名を名乗り、訪問の趣旨を伝えた。奥さんはドアを走り出て、門柱の所まで迎えに来た。

「まあ、遠いところを、さあさ、どうぞ」

と、招き入れられた。玄関の三和土は一坪ほどであろうか、父と同じように靴を脱ぎ、靴をそろえ、式台を上がる。先ほどの白衣の人のズック靴も脇に揃えられていた。式台には大きな木を輪切りにしたのであろうか、何やら漢文が彫り込まれた衝立が置かれていた。

応接間に通された。革張りの茶のソファーが三人座り二脚と、一人座り二脚置かれ、中央には大きな暖炉が構え、奥のコーナーにはBARカウンターが設えてあり、後ろの棚には沢山の洋酒やリキュールが並んでいた。

奥さんが紅茶とケーキを持ってきた。父は立ち上がり、田舎土産を差し出した。

「お口に合わないでしょうが…」

「まあ、御珍しいものを、ありがとうござ

います。さぞ、重かったことでしょう」

と紅茶を出しながらねぎらう。

「ちょうど今、マッサージさんが見えましてね。施療中なんですよ。ちょいとお待ちください」

と少しすまなそうに云って、部屋から消えた。

父との約束時間に合わせて、マッサージを呼んでいた。幼馴染、九州の田舎から夜行で重たいお土産を抱えてきた男と、マッサージ師が天秤に掛けられた。私は父の横顔を見ながら、父の心中を察した。

二〇分が過ぎた。怒りが増してきた。

「お父さん、帰ろうか」

「……………」

「お父さん、帰ろうよ」

「まあ、待て」

と、父は押し殺した声で云う。

三〇分が過ぎた。

「お父さん、帰ろうよ」

「……………」

「お父さん、もう、いいよ」

「まあ…待て…」

再び父は私を静かに制した。

四〇分が過ぎた頃、Hは白のバスローブの上に焦げ茶のシルクのガウンを羽織って入ってきた。

「やあ、ヤス（保雄）ちゃん、待たせたなぁ。すまん、すまん、ちょうどマッサージが来てなぁ、いやー、すまん、すまん、失礼した」

父は直立でこれまでのご無沙汰と、今回の訪問を伝えている。

私は父の畏まったスーツ姿に、ガウンで応対する男を苦々しく見つめていた。二人はしばらく、田舎の事や、その他の幼馴染たちのこと、村の住職のことや、恩師たちの話に花を咲かせていた。父は熊本第六師団の野砲兵で体は分厚く頑丈なのだが、Hは父よりもまた一回り大きい男だった。BARからウイスキーらしきものを持ち出し、その琥珀の液体をショットグラス三個に注いだ。ラベルには白い馬の絵があった。

　Hはグラスを私の前に置きながら、「うちに入りたいのか」と突然訊いてきた。

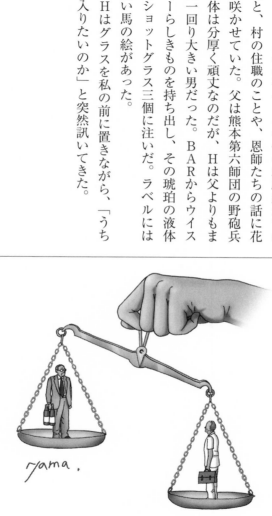

父の上京Ⅲ

「うちに入りたいのか」

私の心中は、田舎から長旅の父を虚仮にされており、総合商社Mの幹部の実態を目の当たりにして、その気は失せていた。ただ父の顔もあり、この場は「ええ、まあ…」と、敵意をこめて曖昧に濁した。Hもマッサージ優先で、幼馴染を四〇分も待たせた弱みからか、「どっちなんだ」とは追及してこなかった。

父は正直に私が肺結核を患っていたことを伝えた。Hは自分も若いころ肋膜を患っていたことを告げ、「もう完治したのか」と問う。

「ええ、もう治療は終わり、病巣は石灰化しています」

「ならば、別に問題はない」

「単位はどのくらい残してるんだい」

「卒論を残すだけで、他は三年間ですべて取りました」

「ほう、『優』はいくつある？」

「二三くらいです」

「ほう、『可』は？」

「二つです」

「あとは『良』か。ま、優が二〇以上あればいいだろう」

いつの間にか奥さんも出てきて、応接の隅で聞いている。Hはショットグラスをあおり、二杯目を手酌で注いだ。

「ところで、うちの社長の息子も、同じ学校だったなぁ」

「はい、同じ学部で一年先輩です」

「ま、人事に履歴書を出しときなさい。確約はできないが、善処するから。うちは東大でもけっこう落ちるんだよ」

父はHを三拝四杯して、家を辞した。

五時近くになっており、町は黄昏はじめていた。

しばらく無言で歩いた。私の胸中には不愉快さが蔓延していた。

「お父さん…僕はM社には行かないよ…」

父は黙って歩いている。

「お父さん、履歴書は出さないからね…」

聞いているのか、聞いていないのか、

「……………」

父はずっと無言で歩いている。収まりかけていたHへの怒りが再び私の心の中で蘇る。

父と肩を並べて、坂を下る。

「お父さんには悪いけど、僕はあの会社には行かない」

強く断定的に話しかけた。

父の横顔が少しほころびたように見えた。

父の歩調が速くなった。

まだ特急「富士」に間に合うから、東京駅へ行くと云う。急ぎ足で国電板橋駅から山手線で向かった。

東京駅で父は弁当とお茶を二つずつ買い、一つずつを私にくれた。やっと、口を開いた。

「ほんとうに…いいんだな…」

「ハイ」

「………」

父は軽く敬礼の手を額の高さに上げると、車中の人となった。

私はいつまでもいつまでも、特急富士号の後尾を見送った。

赤いテールランプだった。

カオス

昭和四十五年度、希望の映画関係の募集はなく、出版、広告関係に的を絞った。

I社、B社、S社や、法律書中心のU社あたりは東大が主力であり、中々私大では難しい。とくに編集職希望となれば募集人員も少なく、益々難関である。

先ずK社から受けた。

試験問題は時事も一般教養も英語も、捻くってなくノーマルである。作文が一時間で原稿用紙三枚、お題は「カオス」だった。「カオス」から感じることを書けばよいのである。

子供の頃、両親によく連れて行ってもらった別府の坊主地獄が脳裏に浮かんだ。人は生まれ落ちた宿命に抗うことはできず、その宿命と云う条件戦の中で生きて行かざるを得ない。宿命自体がすでにカオスであり、諦めて従順に今生を生き抜くことこそがカオスを生きる事であり、最後は皆、ドロドロの坊主地獄に消えていく。記憶を辿ればそんな節の事を書いた。K社の近くの高校を借りての試験で、作文が出来た順に帰宅できる。試験会場の出口に人事部の若い社員がいて、一人ずつに封書を渡してくれる。表に交通費と印字してある。中に伊藤博文の一〇〇〇円札が入っていた。今に換算すると、五〇〇〇円くらいだろう。ちょっとしたバイトよりも割が良かった。

一次は受かり、後日、二次の面接となった。六人ほどが面接者である。四十歳前後であろうか、皆、出版物や月刊誌、週刊誌の編集長とのことで、中央の蓬髪眼鏡が主に質問してくる。

「作文はトップだったと思います。石原慎太郎さんの文体に似ていますが、意識していますか」

「いいえ、いくつかは読んでいますが、意識したことはありません」

「何を読みましたか」

「やはり、『太陽の季節』を」

「いかがでしたか」

「障子を破瓜するところなどは、児戯に溢れており、笑ってしまいました。最後の祭壇に香炉を投げつけるところは、先が読めてしまい着地が安易だったように思います。映画も観ましたが、長門裕之では湘南ボーイの感じが出ていなかったように思います」

「いくつかと仰ってましたが、あとは何を」

「好きなのは『処刑の部屋』です。リンチの先の肉体的痛みは、ある種マゾ的恍惚でさえあるように思いました。太陽より、ずっと好きです。映画も川口浩の方に太陽族的雰囲気があったと思います」

「映画も好きなんですね」


と面接者は蓬髪を掻き上げた。

　あとは支持政党の質問だった。自民党ではあまりにも保守的で学生らしくなく、社会党では心証が悪いと考え、中間の民社党と答えた。春日一幸語録を頭に入れており、支持の理由は十全に云えた。あと購読紙の質問があり、東京新聞と答える。文化面の充実を伝えた。

　帰りにまた伊藤博文入りの封筒を貰った。作文を褒められたので受かったと高を括くったが、落ちた。面接態度が不遜だったか、それとも冗舌に過ぎたか、はたまた民社党か、落ちた理由はカオスのままだ。

宇宙・お墓・野坂昭如

新聞にS出版社の公募があった。編集、営業、経理の募集である。編集で応募する。一次試験は御茶ノ水の大学の教室を借りていた。一般教養、時事問題、英語、そして作文である。一般教養は国語、歴史、生物、中学程度の数学が中心で、時事は新聞を精読、とくに社説を読み込んでいれば大丈夫。英語は高校レベルである。当時、ヒーローだったラルフ・ネーダーの消費者に対する企業の社会還元論の読解だった。

さて最後は作文である。お題は、「宇宙・お墓・野坂昭如」この三つの言葉を相関させて、原稿用紙三枚にお話を作れと云うものだった。時間は一時間である。

まず、話の構成を考える。舞台は青山墓地、深夜、墓地は左右にスライドし、地下はアンドロメダ星の地球基地とした。野坂昭如はア星から地球に送り込まれたスパイで、地球での生業は作家である。墓地の地下工房には有為のア星の文学青年たちが送り込まれており、野坂先生のゴーストライターをやっている。先生は自宅の応接間に各社の編集マンを待たせたまま、夜な夜な書斎の窓から抜け出し、銀座の「エスポワール」や「おそめ」といったクラブで、政財界人や外交官、各国大使、作家文化人らと交流し、得た情報を本国アンドロメダ政府情報室に送っている。丑三つ時に墓地に寄り、若者たちから原稿を受け取り、ご帰還するのである。構成はできたので、目立つためにあえて野坂流の文体で書くことにした。泉鏡花風と云うか、江戸戯作文体と云うか。牛のよだれの様にダラダラと長々しい饒舌体とし、時々体言止めでリズムとテンポを作った。一時間掛からず三枚を仕上げ、帰りにまた交通費の封筒を貰った。いずこも同じで伊藤博文が一枚入っている。得

した気分で、御茶ノ水駅聖橋近くの純喫茶に入った。ニコライ堂の塔屋が見え、青空に鳩が二羽舞った。一次は通ったと確信し紫煙を燻らせた。

果たして、一次通過の電報が来た。

面接はS出版の会議室だった。面接者は五人、すべて四十歳前後の編集長級である。五人ともスーツではなく、上質のジャケットを羽織り、オシャレな柄のネクタイをしている。メガネのフレームも高級そうで、ダンディな会社だなと憧れた。

「作文は非常にアイデアがあり、筋立ても面白かったですね。わざと野坂さんの文体にしましたね」

「はい」「もともと、よくマネするのですか」

「いえ、初めてです。とっさのアイデアでした」「野坂さんの小説は何が好きですか」

「骨餓身峠死人葛、です。読み終えて、あまりの凄まじさにしばらく放心していた記憶があります」

「この作文のアイデアは、ソ連のエフレーモフに似ているのですが、意識しましたか」

私は「エフレーモフ」を知らなかった。

「知りません、作家ですか」

「SF作家ですよ」

知らないことで、狼狽した。おだてられて、ハシゴを外された。挽回しようと、狐が憑いたように喋りつづけたが、S出版は落ちた。

一時間の旅

T出版の試験が五反田の貸大会議室であった。三〇〇人ほどが受験している。筆記は何処も同じく、一般教養、時事問題、英語で、あとは作文である。

但し、作文にお題が無かった。

試験担当者曰く、「今から一時間、何処へ行かれても結構です。一時間後に戻って、一時間で見てきたことを原稿用紙三枚に纏めてください。」

題がない、テーマもない、只一時間外へ行き、自由に見たことを書けとは、難題である。俳句の吟行みたいなものだ。俳句なら季語がある、題詠もあるかもしれない。何もない、何もない難しさ、皆はサッと試験会場を出て行った。犬も歩けばとは云うものの、ただ見たことを書いたのでは他者との遜色が付かないだろう。目の付け所を何としよう。

「一時間…一時間…イチジカン……」

枠の無い難しさ、自由の難しさがひしひしと迫る。焦りながら、五反田駅まで来る。

ふっと脳裏に小林旭の「恋の山手線」がよぎる、♪ああー恋の山手線～である。改札の駅員さんに山手線一周は何分か尋ねると、今の時間なら約一時間と云う。よーし、山手線一周で書こうとアイデアを決め、直ぐに飛び乗った。

　五反田スタート、他の連中は皆、五反田界隈をウロウロしている。ちょいとオーサキ（大崎）に、品川、田町、浜松町を通過。それでもシンバシ（新橋）が頭をもたげてくる。有楽町で逢いたいが、素っ頓狂（東京）なアイデアだから、何だカンダ（神田）と迷いだす。もう入社試験にアキハバラ（秋葉原）、どうもオカチ（御徒町）な作文に成りそうだ。

　上野のウグイス（鶯谷）はホーホケキョと、ニッポリ（日暮里）微笑む。美しい囀りがタバ（田端）らない。まあ、コマゴメ（駒込）したことは考えず、ありのままのスガオ（巣鴨）で勝負だ。オツカ（大塚）レさまで、やっと来た来たイケ（池袋）ブクロ。メジロ（目白）飛び交う、高田のＢＡＲ（高田馬場）で、オオきなエクボ（新大久保）の娘さんと、シンネコ（新宿）飲みたいが、ヨヨ（代々木）と泣かれて、ハラはジュクジュク（原宿）。シブヤ（渋谷）なお顔におさらばし、さあ切り替えてエビス（恵比寿）顔。やれやれお腹が空いた、メグロ（目黒）の秋刀魚で、ゴハンダ（五反田）食べよう。

　やっと一周、確かに一時間。ほぼ全駅織り込んでみたが、小林旭の方が優れている。どこか柳亭痴楽だ。試験会場に戻り、ダジャレをブラッシュアップするも、切れ味は上がらない。第一、ふざけ過ぎている。タイトルだけは、「一時間のブーメラン」とし、書き出しは「一時間、行けるところまで行こうと考えた。但し、行けるところまでとは一時間なら三〇分で折り返さなくてはならない。よって私は、一時間行ったきりで、元に戻るブーメランの旅を楽しんだ。」とした。

案の定、ふざけ過ぎか、一次で落ちた。まあ駒込考えても仕方ない。腹が減っては戦は出来ぬ。♪あたし、五反田いただくわ〜。

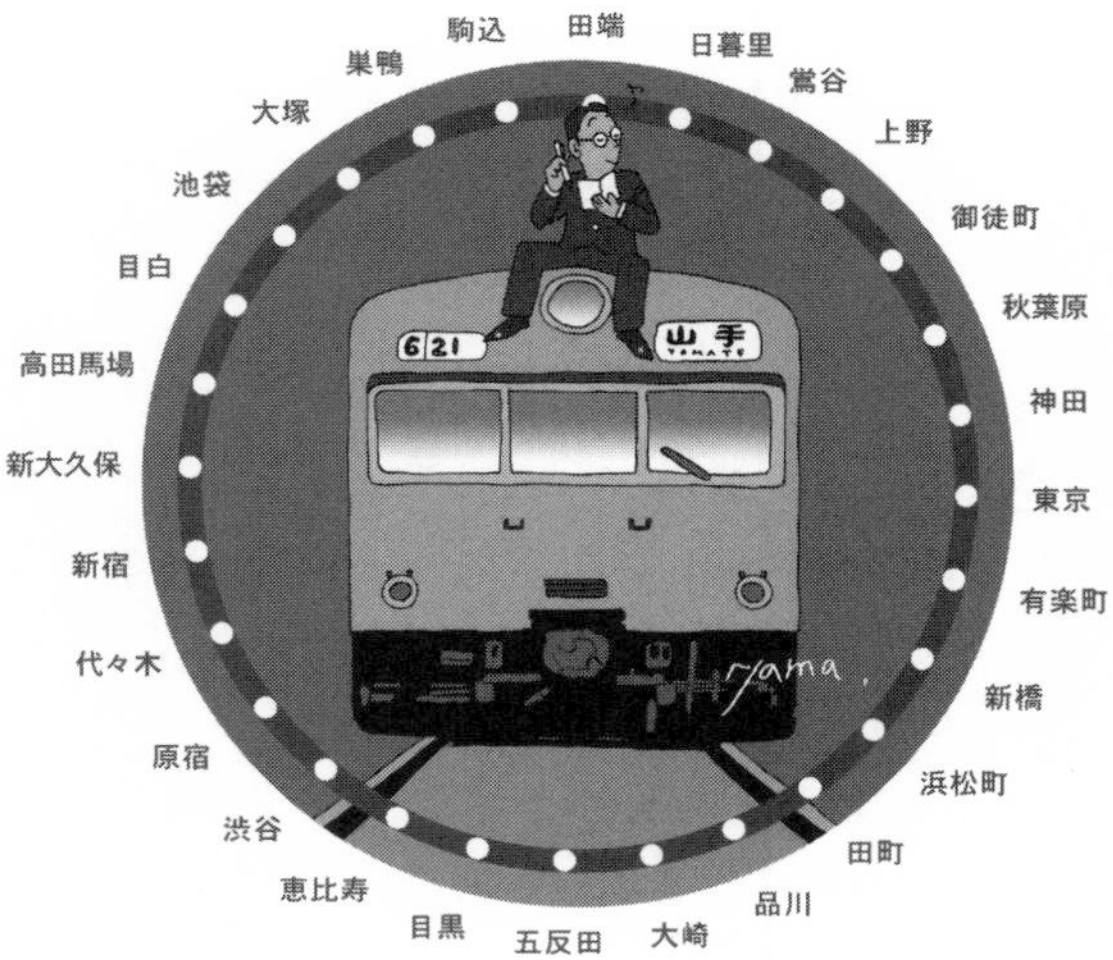

愛と間

就職、自力でやると父に見栄を切った手前、何か情報はないかと大学の就職相談室に顔を出す。沢山の募集貼り紙は有るが、我が大学は金融関係が多く、マスコミは少ない。

自身、経営学科であるが、どうも金融系は気が乗らない。税理士・会計士志望のゼミであるから、教授推薦も金融一筋。友は皆、銀行、信託銀行、証券、保険を受けまわっている。数字は苦手である。バランスシートや損益計算書を見ると、その会社の真実の姿が透けて見え、数字の向こうに人間ドラマまで浮かぶと云うが、私には見えない。

私は見切った。

今更、金融に鞍替えする気はないが、出版は諦めようと臍を固めた。五社ほど落ちたが、私は一社たりとも落ちたとは思っていない。

作文は各社とも高評価をもらった。まだ一社も落ちてないと不遜な自己暗示をかけ、いつか私を落とした会社を見返さなくてはと、相談室へ入った。幸い広告業界はまだこれからだった。当時は指定校制度の時代で、当大学が指定校に入っている広告会社の入社試験概要を揃えてもらった。D社、H社、A社、M社、DK社、DI社、Y社等など。マスコミ志望者の本を見ると、広告は「新聞、放送、出版」の次、業界のしんがりである。しんがりは「殿」と云う字を書く。意外や意外、広告は実はマスコミの「殿様」なのかもしれない。就職担当が、各社の大学OBを書き出す。訪ねるようにアドバイスを貰うが、どうも気後れして訪ねなかった。

先ずD社から受ける。筆記論文が原稿用紙三枚、「マーケテイングにおけるAIDMA論について述べよ」と云うものだった。コピーライター養成講座に通っていたから、AIDMAを「アイドマ」と読むことは知って

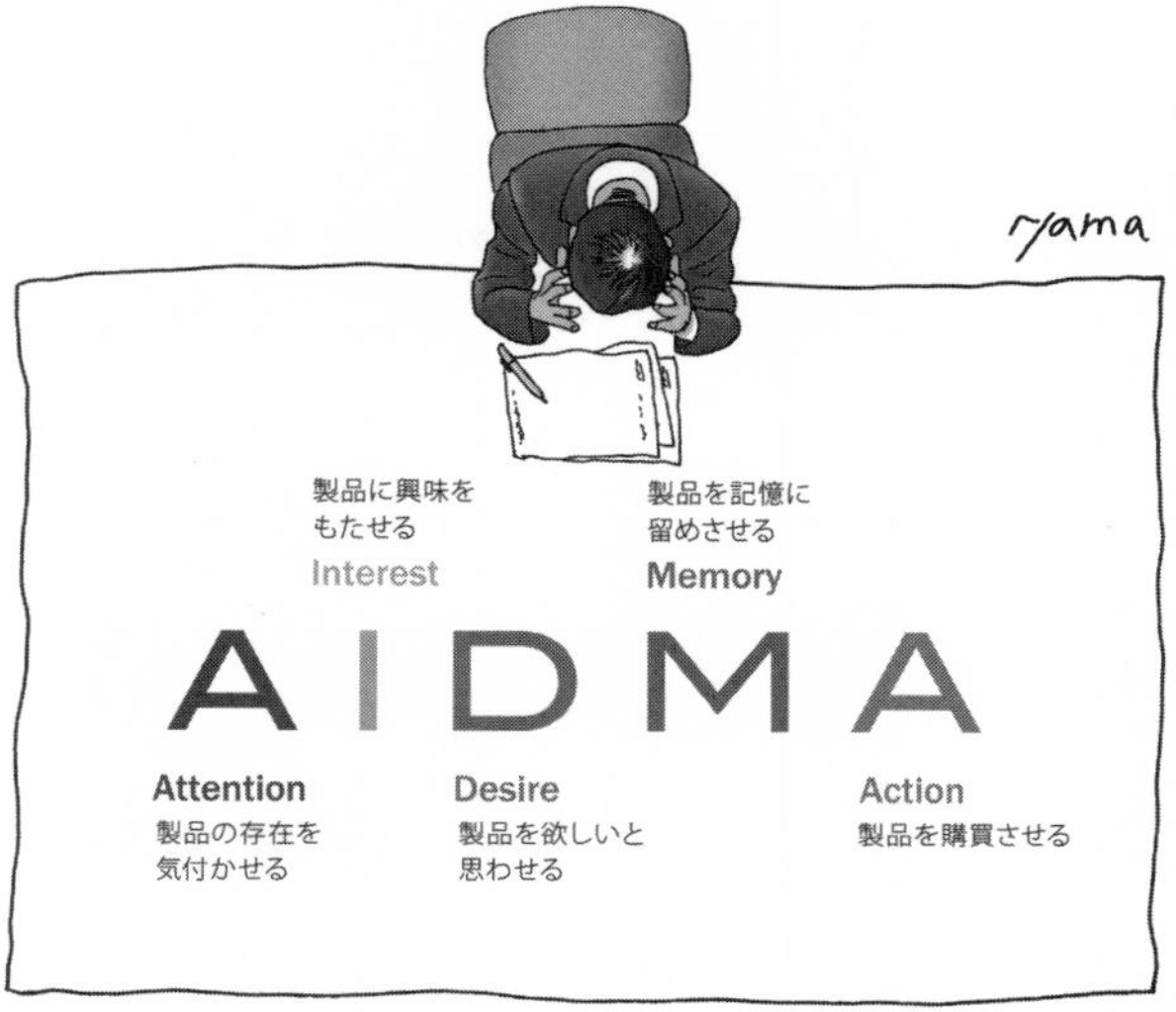

いたが、中身については一切無知だった。仕方なく、ＡＩＤＭＡを「愛と間」としゃれて論を展開した。

「物を動かすには、まず愛が必要である。売り場で例えてみよう。お客様が入ってくる。いらっしゃいませの声を優しく掛ける。目が合えば、満面のスマイルでどうぞごゆっくりとアイコンタクトする。世界中どんな街でも成功している華僑の言葉がある。『笑顔の無い商売は商売ではない』、笑顔こそが愛の第一表現である。そして、間を取る。直ぐには寄っていかない。

　自由に店内を見て頂く、動いていただく。お客様がこちらを見てからゆっくりと間を詰めていく。まずお客様のファッションや、バッグやアクセサリーをほめる。バッグや荷物が重そうであれば直ぐにお預かりする。会話が生じだす。

　徐々に心が通い始める。商品は惜しみなく広げる。心が通えば物は動く。売ると云うことを一切考えない。丁寧で謙虚で間のある話法に徹する。ＡＩＤＭＡとは、『愛と間』、買ってくださいではなく、この店をこの商品をこの私を好きになってくださいだ。広告にマスはない。すべてマンツーマンこそが、マーケットを創る」と書いた。

　見事に一次で落ちた。

　ＡＩＤＭＡとはもっと理屈っぽい理論だった。

国立vs私立

八月六日、なんだかんだで、やっとのこと神田にある広告会社の役員面接にまで漕ぎ着けた。

部屋に入ると、五人ほどの五十歳前後の紳士が座っていた。一人くらい目つきの鋭い、威嚇するような人物がいるものだが、皆さん知的で柔和な表情で迎えてくれる。私は企業の知的レベルを視るとき、幹部のネクタイのセンスでその企業を諮る。皆、シンプルで質の良い上品な柄のネクタイを着用していた。

中央の常務が、「今日は何の日か、ご存知ですか」と丁寧に問う。八月六日の事は、東京に来て直ぐに観た映画「愛と死の記録」（蔵原惟膳監督）で脳裏に刻まれていた。吉永小百合と渡哲也主演のヒロシマを舞台にした悲恋ドラマである。吉永は「キューポラのある町」（浦山桐郎監督）よりも、この映画の方が数段、迫真の演技だったように思う。最後のシーン、原爆ドームでの吉永の思いつめた顔は忘れられない。

「広島に原爆が落とされた日です」

慎重に毅然として答える。

「ほー、よくご存知で。お生まれは大分ですよね、広島ではないのによくご記憶されていましたね」

常務は面接に来た青二才にまで敬語を使う。前に一社、役員面接を受けに行った会社があったのだが、行くと人事部の若手が、「国立の方はこちらの部屋へ、私立の方はこちらの部屋へ」と控室を分けた。理由を訊いたが、判然とせず、国立と私大に差別のある会社だと分かり、面接を受けずに帰った。交通費の千円は貰えなかったが、呉れると云っても貰う気はなかった。

そこに比べれば雲泥の差の会社であった。

「コピーライター養成講座に行っていましたね。どなたの講座ですか」

「金内一郎先生です」

「ああ、M銀行やK食品のコピーを書かれている方ですね。どんな印象をお持ちですか…」

「人柄のよい、人の温かみを感じられるコピーを書かれる方だと思います。商品やサービスの事よりも、サービスを受ける人間側に立ってコピーを書かれていると思います」

「大切なことですね。我田引水の広告ほど嫌なものはありません。物の事ばかり云うコピーほど詰まらないものはありません」

常務の横の取締役が、「では、制作希望と云うことでいいですか」と希望職種を再確認する。

「ハイ」と答えると、「では、もし、営業とかの他部門採用の場合はどうされますか…」と手ごわい質問をする。一瞬、どんな部署でも頑張りますと言った方がいいのでは…という考えもよぎったが、「その場合は採用しないでください」と答えてしまった。なぜか役員みんなが優しく頷いてくれた。

左端の人事局長が、「この後、専務面接がありますす。暫く控室でお待ちください」と云う。部屋を辞すると、人事部の若い社員が寄ってきて、「すぐに専務面接と云うことは、通ったと云うことですよ」と耳打ちしてくれた。制作以外ならば辞めると云ったことで、内心諦めていただけに喜びが満腔に満ち満ちた。

ほぼ内定の喜びで、待機中にロビーに下り、故郷の母に電話した。

好結果の仔細を話すと、すでに身上調査員が中津まで調べに来たと云う。近所の人が、「上手に云っといたからね」と告げに来たと云う。十円玉がどんどん消えていく。

「これだから、ご近所付き合いだけは、よくしとかなきゃねぇ…」あたりで、十円玉が切れた。

控室に戻ると、今度は人事課長が最上階の

専務面接

専務室まで先導してくれた。専務室に入ると、美しい女性秘書がいた。もう一つドアがあり、専務室に通された。楕円形の大きなテーブルが目に入る。その奥に艶のいい革張りのソファーセットがあり、その横に専務の重厚な机があった。専務がソファーへと手招きした。長身で痩躯である。五十歳前後だろうか、俳優の宝田明に似たハンサムである。生成りの光沢のあるリネンのスーツを羽織り、鼈甲の眼鏡をしている。書類を覗きながら、

「矢野寛治くん、か。生まれは大分県中津市、か…。中津なら、三田を狙ったんだろう」

「はい、見事に落ちました。駿台予備校へ行こうと思っていたのですが、落とし止めに受かってしまい、浪人の意欲が萎えてしまいました」

「九州で、S大なんてよくは知られてないんじゃないの」

「隣家のお兄さんが慶応の経済に行っていて、S大は就職が悪くないから行け、のアドバイスでした」

「欅並木は元気ですか」

専務は我が大学の名物並木を知っていた。ひょっとして先輩か…と訝りながら、

「はい、元気に天を支えています」と答えた。

彼は先輩だとは云わず、「懐かしいな…」と一人言ちた。

「部活は…」

「やっていません。強いて言えば麻雀部です」

「強いのかい…」

「いえ、勝ったり負けたり…」

「ああ、それで結核になったのかな」

結核を知られていた。応募履歴書には記していない。不安がよぎった。

「いや、完治していると、校医の河北先生よりの診断書がある」

「ところで、同棲しているね」

うん、何の質問だかよく判らない。第一、私は同棲をしていない。怪訝にしていると、

「いや、いいんだ、別に変なことではない」

とほくそ笑む。

「で、結婚するのかね」

「いえ、いや、私は、同棲はしていません が…」と答える。

「いや、いいんだ、いいんだ、隠さなくても、うちの会社はそんなことは関係ないから」と笑った。

また不安がよぎった。

遠くで女王蜂のようなスタイルをした秘書が婉然と見つめていた。

社長面接

社長面接の日が来た。

丸井で月賦で買った鉄紺の背広上下に身を包む。今日で全てが終わるためである。吉祥寺駅から中央線の快速に乗る。専務面接の時は神田駅から錦町を辿ったが、今回は御茶ノ水駅で降り、駿河台を下った。明治大学があり、中央大学がある。二年前、ここは日本のカルチェ・ラタンだった。ノンポリの私はこの緩やかな坂を「フランシーヌの場合」を口ずさみながら下った。当時、新谷のり子の大ヒット曲だった。

午後二時の約束、三〇分早くロビーへ着く。人事課長が待っており、回りの席に数人の学生が待機していた。「今、順に面接をしています。矢野さんは多分二時半位になるでしょう」と告げる。青二才の学生に「さん」を付ける、マナーの良い会社だ。一時間もあるので、三〇分ほど散歩の許可を取り、再び往来へ出た。

すずらん通りと云う瀟洒な商店街があった。

通りに面して、法律書の有斐閣、童話の冨山房、辞書の東京堂という出版社が軒を並べていた。

すずらん通りを端まで行き、ターンして二時一〇分にロビーへ戻った。直ぐに課長の案内で、最上階の社長室へ上がり、またドアの前でしばらく待機した。やがて前の学生が出て、私の番となった。課長はドアの前までで、中は人事部長に受け継がれた。

直径六mほどの木製の楕円テーブルの上席に社長はすでに座っていた。人事部長は私と社長のほぼ中間に立った。女性秘書が社長に資料を開いている。私の履歴書や成績、面接の採点資料であろう。

社長の風貌はフランキー堺である。綺麗に抓み上げた御髪を六：四に分け、ポマードで固めている。髪型で云えば、河野一郎を思わせた。社長は資料から顔を上げて、どうぞと着席を促した。部長が座ったのを見届けて、後に着席した。社長がまじまじと私を見つめ、また手元の写真を見つめる。「写真では長髪ですが、髪は如何しましたか」

当時私は肩までの長い髪をしていた。

即座に答えようとすると、部長に手で制され、「社長は、髪の毛を伺うされたかと、お尋ねです」と云う。面妖な気持ちで、「社長にお会い致しますので、昨日床屋へ行き、切って参りました」と答える。部長は今度は社長に向かい、「社長にお会いするとのことで、昨日切って参ったとのことです」と伝える。

社長は一言「切ることはなかった」とほほ笑む。また部長がこちらへ向かい「切ることはなかったと仰せです」と云う。

社長よりまた「口ひげは如何しましたか」と問われる。再び部長がおうむ返しに私に同じご下問をする。「社長にお会いすると云うことで、失礼があってはいけないと考え、昨夜剃りました」と答える。また部長がおうむ返しに社長に言上する。

再び「剃ることはなかった」と莞爾とほほ笑む。また部長が「剃ることはなかったと、申しております」と伝える。
五、六mの距離はあってもすべて筒抜け、どうも直答が許されないらしい。ここは宮中かと思いながら、吹き出しそうな思いを喉元できつく抑え、恙なくご下問に答えていった。

サマータイム

社長面接が終わり、人事課長から社内図書館に案内された。ここで、入社誓約書へサインをとのことである。署名して渡すと、字がもう一つと書き直すように求められる。こんどは息を止めて丁寧に書いたが、

「あまり変わらないなぁ…まあ、いいか」

と不承不承受理された。

「矢野さん、うちは肩書で呼ばない会社なので、K課長はやめてください。Kさんで結構です。皆さん、どんな上司にでも『さん』でお願いします」と云う。リベラルな社風を感じた。

往来に出て、公衆電話を捜す。あるだけの十円玉を用意して母に電話を入れる。

「通ったよ、入社誓約書も書いた」

「ああ、良かった。さっきまで貴船さんで、お百度参りをしちょったんよ。おめでとう」

「ありがとう、親父によろしく云っといて」

照れもあり、すげなく切った。

錦町から路地に入ると、「スマイル」とい

う小さなＪＡＺＺ喫茶があった。剥離しかけた白ラッカーの乾いたドアを開けると、三十歳半ばくらいか、黒澤明監督の「生きる」に出ていた小田切みき風のママがカウンターの中に居た。壁にはジャン・ギャバンが好きなのか、「ペペ・ル・モコ望郷」や「ヘッドライト」のポスターが貼られていた。

アイリッシュ・コーヒーを頼む。目をカウンター後のレコード棚に転じると、ビリー・ホリデーのジャケットが覗いていた。

「ビリーのサマー・タイムを掛けてもらっていいですか」

ママはちょっと微笑んでＬＰを取り出し、ターンテーブルに載せる。丁寧に埃除けスプレーを吹きかける。セントルイス・ブルース調のイントロが奏でだす。親孝行はしたが、髪を切り、鬚を剃り、ネクタイをし、何か大切なものを売り渡した気分に落ち込んだ。ビリーは気怠い、寂しさが襲ってきた。これでいいのか、この会社で中途半端に身をそがれ、毎日ネクタイをして生きていくのか。安心感が虚脱に変わり、天邪鬼なことを思った。

「何か寂しいことでも、あったの」

「うん、いや、そこの会社に決まったんです」

「あら、おめでたいわね。お祝いに、一杯、おごるわ」

棚からメーカーズ・マークを取り出し、ショット・グラスに注いでくれた。バーボンの甘い香りが漂う。ジャン・ギャバン風に一気に煽る。また、注いでくれた。

「ジャニスのサマータイムもあるわよ」

と、J・ジョップリンのLPを取り出す。トランペットがイントロを奏でだす。ギターが泣き出す。ジャニスが唄いだす。地の底から這い上がってくる声だ。魂が唄っている。激しく強く、何かに怒っている。アメリカの怨歌だ。バーボンが利いてきた。自由か、不自由か、自堕落か、もっともっと堕ちていくつもりだった。卑怯にも最後の最後で寝返った。

♪ノーノーノーノーノーノー　ドンクライ♪

ついに私のサマータイム（学生生活）も終わるのだ。

「もっと、ボヤボヤしていたかったんですよ」

「あら、ボヤボヤしてたら、偉くなっちゃうわよ」

ママはもう一杯注いでくれた。

♪~
Summertime, time, time
Child, th ng's easy
Fish are ing now
No, no no o don't you cry
Don't you cry
yama

あわれむべき人

就職も決まり、卒論も出し、大学四年間の単位はすべて終了していた。これならば、教職も取っておけばと思ったが、時や遅しである。暇な日々を過ごしていた。小人閑居して不善を成す、麻雀にあけくれ、川上宗薫や宇能鴻一郎の官能小説を読み、まさに不善な日々だった。

ある日、友からバイトをやらないかと持ち掛けられた。この頃、腕が落ちたのか、麻雀の負けが続いていた。週刊大衆の「麻雀放浪記」（阿佐田哲也）は激闘篇に入っていた。私も「坊や哲」同様に肩肘が痛く、以前ほど積込みの技が冴えなかった。積込まなければ確実には勝てない。麻雀は同じ技量の者で囲めば、あとはその日の運否天賦である。雀荘は大学そばの「武蔵野クラブ」、調子が良ければ近くの尾張屋から「あなご天丼」を取る。不調であれば「たぬきそば」、中庸であれば「カレー南ばん」と決めていた。

アルバイトの話にのった。動きやすい普段

着で来いと云うことで、早朝、新宿駅南口の場外馬券場前へ行った。友がいて、仲介のニッカーボッカーに安全靴、革のジャンパーを羽織ったオジサンと話していた。日当三〇〇〇円に弁当付き、四十七年前の三〇〇〇円は今の一万五〇〇〇円に相当する。弁当付きの高収入である。トラックの荷台に一〇人位の学生が乗り、東久留米あたりのビルの建築現場へ行った。甲の硬い安全靴が渡された。分解されたイントレの鋼管材パーツがあり、それをトラックの荷台から持ち上げ、二階部の男に渡すだけの作業だった。上へ上への流れ作業で、とび職の兄さんたちが手際よくイントレを組んでいった。要は建築現場の外足場造りだ。何度も何度も何度も、ただ同じ作業を繰り返す。楽な仕事と思っていたが、おびただしい数の鋼管を持ち上げていると、日頃体を鍛えておらず、背骨が悲鳴を上げ始めた。その上、同じ動作を単調に繰り返す仕事に変化も発見も驚きもなく、飽きが来はじめた。チャップリンの「モダン・タイムス」が頭をよぎる。チャップリンはただボルトを次から次に締めるだけの仕事をしていた。俺には単純な仕事は向かないなぁ、と心で一人言ちながら、友の手前もあり黙々とこなした。

昼の弁当は幕の内の大判だった。中々の味で少し元気を取り戻し、再び五時まで仕事をした。夕刻、来た時のトラックに乗せられて、新宿南口に戻り、三文判を押して、手取り三〇〇〇円を物にした。中央線で吉祥寺に戻り、直ぐに銭湯へ。さっぱりとしたところで、件の雀荘に顔を出した。面子はすぐに揃い、配牌もよく、ツキがあり、早い聴牌で上がり続ける。勝ち逃げはできない、今夜は徹マンになるだろうと思い、友に明日は行けないの電話を入れた。単調な仕事は向かない。変化のない仕事はできないと、すでに逃げ腰だった。不善の男である。

我が大学の創設者中村春二先生の言葉を引用したい。

「太陽は東から出て、西に入る。冬が去れば春が来る。昼の次は夜だ。（中略）毎日同じ仕事をすることをつまらぬと思うものは、あわれむべき人だ」

まだ世間を知らない青二才は仕事の何たるかを何も理解していなかった。

許されない愛

　同じアパートに音大生の女性が引っ越してきた。大家のおばさんが学生たちを集めて、親睦のパーティを開いてくれた。みんなが持ち芸や持ち歌を出すと、彼女は故郷の唄と言って、「金比羅船々」を歌った。流行り歌が多い中で、民謡は目立ち耳に残った。その夜から彼女を意識するようになった。彼女はピアノ科の学生だった。日々の行動を見ていると、夕刻四時過ぎに井の頭公園駅を降りてくる。長い髪を風に翻して、Ｂ４判の楽譜本を胸に抱き、スキップをするように戻ってくる。センター分けの長い髪で、そうカルメン・マキの髪型である。いつもマンシングのポロシャツに白のミニスカート、コンバースのスニーカーを履いていた。

　私は彼女の帰宅時間に合わせて、京王帝都電鉄に吉祥寺駅から乗り込み、偶然を装った遭遇を目論んだ。

　夏が秋に動くころ、吉祥寺のＪＡＺＺ喫茶でお茶を飲むようになり、映画へ行くようになり、ボーリングにも一緒に行く仲となった。

ただそれ以上のことはなかった。夜に彼女の部屋を訪うこともしなかった。もし懇ろな仲になれば、必ず責任を取って嫁にしなくてはならないと思っていた。

秋が冬に動くころ、彼女から音大のダンパ（ダンスパーティ）に連れていかれた。他の同級生たちもボーイフレンドを連れていた。私はVANの一張羅のスーツに身を固め、彼女の肩身が狭くならないように振舞った。ただ、私はダンスが踊れない。ダンスタイムはカウンターの片隅で一人ハイボールを飲んでいた。何度も踊ろうと誘われたが、自信がなく、無様な自分を想像し、頑なに意固地なまでに拒んだ。

彼女は卑屈な私に嫌気がさしたのか、次か

ら次といろいろな男たちと踊り始めた。帰ろうかなと逡巡しながら、毅然と帰ることもできず、ダンスホールという荒野に蹲《うずくま》っていた。

以来、わだかまりが出来た。前のように頻繁に付き合うことも無くなった。冬が春へ動くころ、彼女は卒業演奏旅行に出かけた。日本各地を回って二週間後、船は横浜港に戻ると聞いていた。それから二日間、彼女の行く方は杳と知れず、アパートには戻ってこなかった。悪い妄想だけが脳裏をよぎった。私は暗闇に目を凝らし全身嫉妬に包まれていた。

草臥れ果てて、彼女を待つ気力が失せた。ちゃんと付き合っている訳ではないが、別れる決意をした。そう決めると、すっと憑き物が落ちて心が楽になった。禅語でいうところの「前後裁断」である。三日目に戻って来た。咎め立てする仲でもなく、普通の会話をした。急にこのアパートを出ていくことになったと告げられた。別れの朝、一・五トンの小さなトラックが来た。

背の高いにしきのあきら似の男が荷物を運びこんでいた。アップライトのピアノは専門業者が運び出しており、何も手伝うほどのことはなかった。にしきのは歯の白い如才ない男だった。私も精一杯の笑顔で彼女を見送った。トラックのラジオから、ジュリーの「許されない愛」が流れていた。

私もそれから一週間後、太宰治が昔住んでいた辺りに引っ越した。

父の贈り物

今度のアパートを見たいと、父が上京してきた。東京駅に迎えに行く。寝台車の旅だというのに背広上下を着て、慣れぬネクタイをしている。チャック式の角型のトランクを下げ、自然薯の包みを下げ、もう一つ緑に白抜きの唐草の風呂敷包みを下げている。中で何やら、チチッチチッと鳴いている。

「なーん、これは…」

「インコをつがいで買ってきた。一人暮らしは淋しかろうと思ってな」

私は幼い頃、大腸潰瘍で一年ほど寝ていた。両親は共に店に出ており、私を構う暇はない。父も母も時々現れては、私が息をしているか口元に手をかざして、また店へと走り去っていく。走り去ると、私は淋しさで泣く、店まで響けと大きな声で泣く。また母がガラス戸を開け、どうしたどうしたとあやす。ある日、父はインコのつがいの入った鳥かごを枕元へ置いた。金製の上部の丸い美しいかごだった。父は私の終日の侘しさの気散じを図ったのだ。

黄と青の美しいインコで、私は熱にうなされながら彼らの行動を目で追い、おだやかな気持ちを維持していた。クロマイを飲むようになってから、辛いひまし油を飲まされることはなく、幼い体にも春が巡りはじめた。

風呂敷の形から察するにあの時の鳥かごである。吉祥寺駅で降り、井の頭線に乗らず、井の頭恩賜公園の中を歩いてアパートまで案内する。美空に薫風である。池に多くのボートが出ている。池畔では武蔵美の連中がイーゼルを立てて、油絵を描いている。九州の田舎町にはない風景である。

「いい公園だなぁ…春は桜が見事なんだろうなぁ…」と父は独り言ち、なぜか鈴懸の道を口ずさんでいる。合い間合い間をインコがチチッと合いの手を入れる。アパートに着く

と、直ぐに大家さんにご挨拶をし、田舎の菓子と自然薯を手渡す。おかみさんは、父が泊まると聞き、お布団は足りますかと問う。父は布団なんぞは要りませんと丁寧に断っている。

部屋に入ると、まず唐草のふろしき包みをほどいた。あの日と同じ黄と青のインコが止まり木とブランコに一羽づつ捕まっていた。水を入れ替え、新しい粟を補充した。高いところがいいと、サイドボードの上にかごを置く。部屋は六畳、流しとトイレはあるが、風呂はない。父が今夜は夕食を作るという。食べに行こうと云うが、駅前のマーケットに買い物に出た。家は飲み屋であり、父は戦前熊本第六師団野砲第六連隊の炊事軍曹である。料理は得意中の得意であった。その夜の献立は、久々にビフテキと野菜炒め、オヤジ流の味噌汁である。父は私にせめて豚肉入りの野菜炒めと味噌汁の作り方を伝授したかったのだ。ナイフも、フォークも持っていなかったので、包丁をやりとりして肉を切って食べた。

翌朝、父はインコの両翼の羽の間を切り、これで手乗りになると云い、「達者でやれ」と云って九州へ帰って行った。寂しくなった私の膝の上に飛べないインコが二羽うずくまっていた。

結婚招待状

一九七〇年の暮れだった。突然、白角封筒の結婚招待状が来た。

高校時代、何度かデートをした同級生だった。故郷を出てから、一、二度文通をしたが、次第に疎遠になっていった。私の方から返事を出さなくなっていった気がする。彼女は北九州の女子短大へ行き、去る者日々に疎しだった。高校二年の時、校庭でのフォークダンスで手をつないだ時に手紙をもらった。「つきあってほしい。K子」だった。私の意中の女子ではなかったが、つきあってほしいと云うのを拒む理由もなかった。どこか鬱陶しい気もしたが、男はバカだからすぐに優越感に変わった。いつも明屋書店で夕刻待ち合わせる。

私が選ぶ小説に非常な興味を持っていた。持っている本を何を読んでいるのかと取りあげられ、なかなか返してもらえず、追いかけて取り返すことが多かった。高校時代は吉行淳之介ばかり読んでいた。現役では吉行が一番の作家だと彼を信奉していた。文体が研ぎ澄まされており、語彙の選び方、形容詞の作りが美しかった。ストーリーも都会の男女のことで、初期の鳩の街を舞台にした娼婦物も悪くなかったが、『砂の上の植物群』からが傑出して佳くなった。彼女とは喫茶店『胡桃』にもよく行きコーヒーを飲んだ。彼女はまったくのブラック派で砂糖も入れなきゃ、エバミルクも浮かべない。私はスプーン二杯の砂糖を入れ、エバも厚くたっぷり浮かべた。大人ぶる男っぽい女の子だった。私くらいの面差しと外見の男のどこがいいのだろうか、自分でも不思議だった。いつの間にか彼女も吉行を読むようになっていた。「この人、女に意地悪で、女嫌いね」と感想を云う、洞察している気がした。クラスが違い、教室の階も違うから学校であまり会うことはなかったが、彼女の提灯持ちの女子がスーッと近づいてきて、上手に周囲に分からぬよう私に紙片を渡していった。

塾を休んで夜のデートもした。山国川の河原で夏の星座や、秋の星座を二人して見ていた。

夏の大三角形を教え、秋の四辺形も教えた。

接触頻度があがるにつれて、行き帰り横に付きまとい、女房気取りとなり、だんだん遠慮が無くなっていった。私は徐々に前を向いて彼女から後ずさりを始めた。進学先が東京と小倉とに分れた。それが別れだった。

招待状を見つめた。春二月が挙式だと印字されている。添え書きがあり、万年筆の丁寧な字で「ぜひ出席してください。待っています。K子」とある。なぜもう縁も何もない私を呼ぶのだろうか。無しのつぶての恨みか…。好い夫を見せつけたいのか…。出欠ハガキに「おめでとうございます。幸せになってください。遠く東京の空の下より祈っています。寛治」それだけを書いた。東京に来て恋人もできない男のせめても意地だった。

なんだか急に寂しくなった。逃した鯛は大きい気がした。突然、新郎への嫉妬心が胸で膨張した。

ハモニカ横丁（吉祥寺）で飲もうと遮二無二に外へ出た。雪が降り始めていた。

吉祥寺の雪女

結婚招待状の正体が分からないまま、雪の中をさまよった。井の頭公園の弁天橋を渡り、伊勢屋で飲む。しこたま飲む。ただ飲む。ひたすら飲む。胃の腑を爛れさせるために飲む。惚れてたわけではないのに、何だこの無様さは。あいつが他の男と添う。妄想が駆け巡る。また飲む。あおる。あおる。あおる。惚れていたのか、冗談じゃない、誰があんな女に。優柔不断男のつよがりか、結婚すると聞いたとたんに、この体たらくだ。

伊勢屋のおじさんが「何があったか知らないが、飲みすぎだよ」と心配してくれる。しんと静まる雪の夜、客はほとんどいない。置かれた焼き鳥がこわ張り始めた。他に肴は頼まず、ただただ飲み続けた。店を仕舞うというので、よろけながら吉祥寺駅南口まで来た。駅の伝言板に目をやると、「バカヤロー、二時間待った」「おまえとはこれっきりだ」とか、ところ狭しとウラミツラミがチョークで書かれている。こいつらも今頃、俺と同じようにどこかで酒で魂を焦がしているのか。慰めなんかはほしくない。誰でもいいから、絡みたい夜だった。

あえぎあえぎ北口に回り、ハモニカ横丁へ足を向ける。操り人形のような歩きだ。途中、三十歳くらいの雪女のような易者が小さな机で俯いて店を張っていた。丸椅子にドッカと座り込み、彼女の真ん前に手のひらを出した。

「あ、私、字画姓名判断なんですが」、頷くと、紙と鉛筆が出た。「矢野寛治」と大書すると、「何を占いましょう」と云う。

「今、振られてきたとこなんだ…俺にも…春はいつか来るんだろうか…」雪が強くなってきた。彼女が傘を貸してくれた。ゴニョゴニョと数字を書いている。頭画がどうとか、胸画がどうとか、足画がどうとか、総画がど

うとか、か細い声で囁いてくる。ストレプトマイシンの射ち過ぎか耳の聞こえが悪い。

「二十五歳でいい人と出会いますね」

「あと三年は、ひとりですか…」

「そうですね、一人です」

「その女性はどこにいますか」

「南の方ですね、東京ではありません」

「結婚、しますか」

「結婚します」

「ふーん、美人ですか」

「美人ですよ」

薄明りの中、夜が遠くで笑っている。

「もう一つ、いいですか。お金は払うから」

「何でしょう」

「俺は世に出たい、出れますか」

雪女はまた複雑に数字を絡め合わせている。


そして私の生年月日を睨んでいる。

やおら、結論が出たのか、

「残念ですが、世には出ません。でも、十分幸せな人生でしょう。ただし、東京を棄ててください。あなたに東京は鬼門です。東京に居ては幸せは摑めないでしょう。」

多めに見料を払い、雪の中を横丁に向かおうとすると、雪女が急に微笑んで、「あなた、努力次第では、晩年はいいかもしれません…よ」と囁いた。

「俺に晩年はない」、そう云い放って背を向けた。

エロス＋虐殺

もう五十年前になるか、学生時代、東京赤坂の日本シナリオ協会のシナリオ学校に通っていた。初回の特別講話が吉田喜重監督で、確か白のムスタングでやってきた記憶がある。東大仏文から松竹大船に同級の石堂淑朗と入社した時の話をしていた。石堂の「一流の下、二流の上」（大和出版）に比べれば、知性と品格は石堂とは真逆の吉田だった。

初めて彼の作品に接したのは、「秋津温泉」（原作・藤原審爾）である。戦後の真実味のない男（長門裕之）と、戦前の女の一途さを持った女性（岡田茉莉子）を頽廃とストイックさを織り交ぜて作っていた。岡田の最後の自殺に新しい感覚の演出を感じた。

高校時代、「水で書かれた物語」（原作・石坂洋次郎）を観た。当時、石坂は「青い山脈」や「石中先生行状記」など、明るい学園物語しか書けない作家だと思っていたので、「母子相姦」の話に驚いた。クラス中の文学仲間で話題となり、皆で観に行った。背徳の美しい母親に岡田茉莉子、息子に入川保則、母の愛人である町の権力者に山形勲。悪役中心の山形が脱皮した映画でもあった。

大学時代三年の終わり、吉田の代表作「エロス＋虐殺」を新宿のアートシアターで観た。大正時代のアナーキストたちと、現在の若者たちの性情を対比させたダブル・シンクロ構成だった。大正初期、巷では「ゴンドラの唄」(作詞・吉井勇、作曲・中山晋平)が流行っていた。

♪いのち短し　恋せよ乙女、高学歴の女性たちは今でいう不倫に走っていた。鳳晶子は林滝野を押しのけて強引に与謝野寛の嫁になる。

日本最初の女性雑誌「青鞜」を発刊した平塚らいてふは良妻賢母主義に反発し、森田草

平と心中未遂を起こしたり、若いツバメ奥村博史と事実婚を果たす。映画はアナーキストの大杉栄（細川俊之）の四角関係を描いている。大杉を中心に本妻堀保子（八木昌子）、資金的愛人神近市子（楠侑子、映画では「正岡逸子」となっている）、そして真の愛人伊藤野枝（岡田茉莉子）、とくに葉山日蔭茶屋事件が作品の山である。

当時の大杉の「自由恋愛三ヵ条」には、①互いに経済的に自立すること②同居することを前提としない③互いの性的自由を保証する、となっている。男に有利な内容である。野枝が大杉に走る原因になったのが、野枝の夫でダダイストの辻潤（高橋悦史）と、野枝の従姉の代千代子（新橋耐子）が不倫するシーンからである。

この映画から四年後、私は千代子の孫娘と所帯を持つことになる。妻の家は野枝を福岡県糸島郡今宿から長崎に引き取り、長崎の西山女児高等尋常小学校に通わせている。代家は玄洋社の頭山満を助けるべく東京に出る。一旦、野枝を今宿に返すのだが、再び引き取り、上野高女に通わせる。妻の祖母千代子と野枝は従姉妹になる。ただ辻との不倫の時、千代子は今宿に新婚所帯を構え、妻の母を産んだばかりだった。夫を置いて乳飲み子を抱えて、上京できるわけがない。辻は東京にいた別の従妹と関係しており、千代子は全くの間違いである。

とまれ、当時まだそんな運命が私に待っていようとはつゆ思わなかった。

人生はゲームか

一九七〇年十一月二十五日、三島由紀夫が市ヶ谷の自衛隊で演説の後、割腹自決した。寺山修司ではないが、この国に命を懸けるほどのものがあるとは思えなかったが、ノンポリの三流学生を慄然とさせたことは事実だった。

夜、就職をせずWスクールで夜間の美容学校に行っているYが訪ねてきた。

「三島が自決したぜ」と伝えた。

「そうか、知らなかった。でも、俺の人生になんの関係もない」

「ところで美容師免許は取れそうかい」

「うん、来年には取ってみせる。取ったらニューヨークへ行く。あっちで修行して、ヴォーグのヘアメイクになってみせる」

「夢は大きいな」

「他に自分の生きていく道は見当たらない」

「俺は三島の死に、考えるところがある」

「やめとけ、ストイックなんて、何時間ももたない」

「いや、人生を考えてしまう」

「やめとけ、人生はゲームだ。俺は人生をゲームとして愉しむ」

「享楽主義か」

「禁欲主義か、つまらない。おまえ、まだ童貞だから、料簡が狭いんだ。麻雀ばかりで、もっと遊べ」

痛いところを突かれた。

「おまえ、フーテンの寅じゃないが、♪殺したいほど惚れてはいたが指も触れずに別れたよ、なんかに美意識をもってるんじゃないだろうな。陳腐、滑稽、一人よがりのとんだピエロだぜ」

図星だ、当たっていた。返す言葉がない。

負け惜しみのリゴリズム、似非厳格主義だ。

「ところで、学校で惚れた女はいたのか」

なにわ節だと笑っておくれ
ケチな情けに生きるより
俺は仁義をだいて死ぬ。

作詞 有近 朱実
男はつらいよ（第一作より）

「うん、まあ、女には興味はないが…しいて言えば文学部のＡ」

「ああ、ロングヘアーの…あれは同じ文学部のＮと西荻窪で同棲しているよ。よく二人でスーパーで買い物をしている。一見、おとなしく知的に見えるが中々…ほかには」

「経済学部のＹ」

「ああ、あのショートヘアの気の強い娘か、この前、五日市街道沿いの産婦人科から、蒼ざめて出てきたところを見たぞ。確かボーリング部のＭが肩を抱きかかえていたが…彼女の前の男も知ってるが云わない」

Ｙはニッとほくそ笑んだ。嫌な表情だった。

「もう一人くらい言えよ」

「もういないが、うーん、法学部のＨ」

「ああ、あのしっとりとしたロングヘアーの娘ね。あれは一年先輩のＫさんの愛人。いつもＫさんの赤のアルファロメオに乗ってるぜ」

「………」

「な、身を捨てるほどの国を思っている間に、どんどん好きな娘は人の物になっちまうんだ」

人生はやはりゲームなのか。私は女性とは一度でも関係したら、結婚しなくてはならぬと考えていた。Ｙにそれを云うと、「おまえは、ほんにお人好しだな」と呆れ顔で高笑いされた。

武蔵野火薬庫

就職が決まり、弛緩した。

髪を切り、鬚を落とし、社会に迎合し、まるで「『いちご白書』をもう一度」の歌詞のごとく堕落した。忸怩とした気持ちで、また雀荘に顔を出し稼いだ。稼いだと云っても学生仲間の安いレートであり高が知れている。それでも仕送り前一週間の金欠時には大いに助かった。アパートのコタツ台の上に毛布を敷き、牌を広げ、二六時中訳もなく触っていた。感を磨くためである。指は無意識のうちに爆弾積み、元禄積みを仕込んでいた。

その日も朝から深夜まで打って、小金を財布に詰めて雀荘を出た。吉祥寺駅方向に本町界隈をブラブラ歩いていると、面白いお店が開店していた。看板に、「武蔵野火薬庫ぐゎらん堂」とあった。旭日旗のようなデザインで横尾忠則調の色使いである。タイポグラフィーはサイケ調、「火薬庫」という過激なコピーが気にいって、入ってみることにした。

一九七〇年の秋である。全共闘も四分五裂

し、反代々木系の跳梁跋扈となっていた。ノンセクトは命がけの内ゲバばかり、大菩薩峠は全員逮捕され、よど号の連中は北朝鮮へ行ってしまった。右側の細い木製の階段を上がると、田舎の小学校の教室のような店だ。長髪で、パンタロンに短めのニットベスト姿の連中が屯っていた。ファッションでいえばJUNか。皆、ギターケースを持っている。どうもフォーク指向の連中らしい。壁には林静一の作品らしい大正ロマン風の女の絵が貼られている。入った左奥にカウンターがあり、そこでバーボンのハイボールを注文した。カウンターの女は梶芽衣子（日活）似の眼の鋭い、男を寄せ付けないお顔立ちをしていた。

　フォークの店に野良猫ロックの女は似つかわしくなかった。当時は、捨てばち怨歌の時

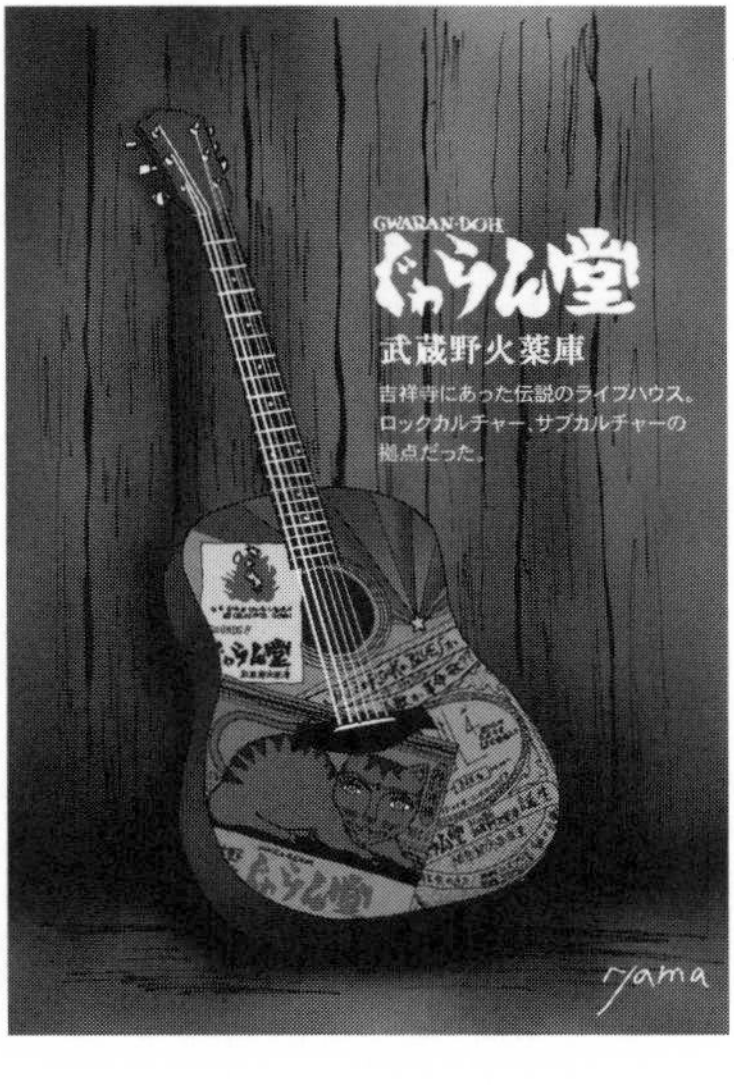
GWARAN-DOH
ぐゎらん堂
武蔵野火薬庫
吉祥寺にあった伝説のライブハウス。
ロックカルチャー、サブカルチャーの
拠点だった。
yama

代に入っていた。藤圭子の「圭子の夢は夜ひらく」、北原ミレイの「ざんげの値打もない」が立て続けにヒットしていた。不幸な自分に酔っていた。みんな不幸せな猫でありたかった。不幸ナルシズムとでも云おうか。幸せ、平凡、普通、つましい俸給生活は下の下だった。儚さ、やるせなさ、薄幸、同棲、駆け落ち、自殺、心中、学生は親の掌《たなごころ》の上で、生きると云うことも、食べていくと云うことも、まだ何にも判っていなかった。

カウンターの女はチェーンスモーカーらしく、強いゴロワーズをずっとふかしていた。我々団塊の女たちは、ロングヘアーをセンター分けにして、いつもプカプカと吸えもしないタバコをふかしていた。

やおら、ＰＡのセッティングが出来たのか、まるでゴルゴダの丘のキリストのような男が歌を唄い出した。抒情的なエレジーでいい歌だった。男は唄いながらカウンターの女にずっとアイコンタクトをしていた。彼女を口説くように唄っていた。女も目を外さなかった。バーボンをストレートのダブルに変え、チェイサーは要らないと告げた。短髪でＶＡＮに身を固めた人間にはそぐわない店だった。

四十九年も前の話、この店、もう吉祥寺に無いだろうなぁ…。

1971

昭和46年

笠井紀美子賛

正直言うとＪＡＺＺは難行苦行だった。とくにモダンＪＡＺＺは分かったふりをして、求道者のように聴いていた。大学の帰りにいつものように、「Ｆａｎｋｙ」（吉祥寺）に寄る。ＪＢＬのジャイアント・スピーカーが阿吽《あうん》の如く並び、客を組み敷いている。この店で友人のＭにＪＡＺＺの手ほどきを受けていた。Ｍは競馬狂いで、血統書年鑑を常に持ち歩き、出走馬の父母、祖父母、曽祖父母まで遡って、コルトレーンを聴きながら予想を巡らせていた。

「寛治はなにか退屈そうだなぁ」

「うん、スタンダードやバラード、女性ボーカル物は乗って来るんだが、どうもダンモは血の中にないらしく、あまり楽しくはない」

「いまね、女性ボーカルにすごくいい娘がいるんだ、こんど銀座のＳｗｉｎｇに連れて行ってやろう。行こう」

世良譲トリオの中央に立ち、スキャットを甘く美しい声で唄う「笠井紀美子」に初めて出会った。年の頃は同世代か、少し向こうが上か、二十三、四歳に見えた。山猫のような目をしている。輪郭はイタリア女優のクラウディア・カルディナーレ（「誘惑されて捨てられて」主演）を思い起こさせた。まごうことなくセクシーで美人である。日本の女性ヴォーカルといえば、まだマーサ三宅（当時、大橋巨泉氏夫人）しか知らなかった。阿川泰子はまだ世に出ていなかった。世良さんが四十歳手前の頃で、お洒落で素敵な洗練されたトリオだった。この頃、ドラムはジミー竹内だったかと思う。笠井の声は少しハスキーで高音が美しく、ビリー・ホリディほどは掠れていないが、エラ・フィッツジェラルドを彷彿とさせた。しばらくは、彼女が出るというライブハウスやホールを銀座に六本木に新宿

へと追いかけた。美人ＪＡＺＺシンガー現るとのことで、彼女の名声はうなぎ上りに上がり、雑誌にも特集され始めた。目の周りのメークが徐々に強く濃くなり、ますます美人度に凄みが増していった。日本の歌謡曲、ポピュラー、ＪＡＺＺ界を眺めても彼女ほどの美貌を持つ歌手はいなかった。歌さえ上手ければ、外見は何うでもよいのだが、彼女を見つけたことで、しばらくＪＡＺＺに嵌っていった。

大学の帰りにやはり吉祥寺北口にあるＪＡＺＺ喫茶「ＭＥＧ」にも立ち寄っていた。依然としてダンモにはノリが悪く、当時人気を博し始めたチック・コリアあたりの白人ＪＡＺＺはイージーリスニングにて心地よかった。駅前のハモニカ横丁で安酒に酔うと、ロック喫茶「赤毛とそばかす」に立ち寄り、キング・クリムゾンやエマーソン・レイク・アンド・パーマー、レッド・ツェッペリンに酔いしれた。七十年の暮、ラテン・ロックのサンタナが「ブラック・マジック・ウーマン」を世に問うた。ＪＡＺＺにはない陶酔と甘美と快感が体を突き抜けた。私の天の守護神だった。

私は徐々にＪＡＺＺを離れ、ソウルサウンドへと魂を移行させ始めた。笠井紀美子はソロシンガーとしてますます名声を高め、マル・ウォルドロンと組むまでになっていた。

ああ紅テント

四年生の冬、大学の学生会が状況劇場「紅テント」を校庭に呼んだ。唐十郎という男が主催しているアングラ劇団である。我々学生は新宿花園神社を追われてからのジプシー劇団「紅テント」に惻隠の情を抱いていた。他劇団にも花形役者は多かったが、とくに「紅」には人を魅了する役者が揃っていた。不気味でどこかお茶目な麿赤児、不可思議で幽鬼のような大久保鷹、妖気をはらんだ李礼仙、美しい女よりもより美しい四谷シモン、二枚目スター根津甚八、とにかく走り回る十貫寺梅軒、どこか抜け作の不破万作、それに御大唐十郎である。小林薫はまだその他大勢で、幕間のつなぎで歌を唄っていた。学生会は彼らを三〇万円のギャラで呼び、入場料は五〇〇円だったか七〇〇円だったか、お題も「少女仮面」だったか、「愛の乞食」だったか、すでに四十七年前の話であり定かではない。

大学の本館の前庭に紅のテントが設営された。人気劇団であり、夕刻の時間前より長蛇の列である。私は最前列を狙いトップ集団に並ぶ。大向こうの掛け声を掛けるためである。女子たちは根津甚八が目当てであった。テントに入る、左右とセンターに通路がある。役者たちが走り回るためである。靴をビニール袋に入れて膝に抱く。両こぶし腰浮かせで前へ前へと膝をずる。あの狭いテントに押し競《くら》まんじゅうのように学生たちが蠢《うごめ》く。始まると着流しで長髪ざんばらの大久保鷹が鶏の死骸をつかんで出て来た。何を唱えているのか不明である。ちょいと奥にスキンヘッドの麿が御地蔵様のようにしゃがみ込み、客席を睨んでいる。チョゴリ姿の李礼仙、着流しのシモン、甚八と揃ったところで、やおら座長唐十郎が白ハット白スーツで登場した。

「カラ」「カラ」「カラ」「カラ」の声が処々

方々から掛かる。唐が決めポーズをとった瞬間、「カラ、ジューロー！」と腹からの掛け声を掛ける。横の長い髪の女子が私に憧れの視線をくれる。これが最前列の特権だ。唐の金歯が照明に光る。ニヤリと嗤い、「待たしちゃって、ゴメンね！」の見栄を切る。素晴らしい輝きと、得も言われぬ腕白小僧のような魅力に溢れた男だ。台詞量もさることながら、運動量も物凄く、常に動きながらのせりふ回しである。よく鍛えられている。誰かの歌の間に呼吸を整えているようだ。シモンの「お銀のうた」に聴き惚れる。家の貧しい娘の奉公勤めの身の上ソングである。唄と云うより、語りに近い。紅の役者たちは唾を大量に飛ばす。最前列はそれをもろに被るのが辛い。横の件の女子が身をヒシと擦りつけてストーリーを教えてくれと囁く。肉感が伝わる。この喧騒の中では教えづらく後でねと返す。唐の「愛の床屋」となる。♪ごらん　ごらん　カミソリが舞う　ごらん　ごらん　首が飛ぶ♪、これも台詞歌でストーリー物である。昔でいえば、「のぞき節」に似ている。

狂乱は終わった。テントの裏では七輪で鍋が煮られていた。先ほどの鶏の白い羽が回りに散っていた。私は長い髪の女子を連れて吉祥寺の夜に消えた。

錬肉術は誰にしよう

夜の吉祥寺、長い髪の彼女を連れて吉祥寺駅南口から井の頭の方へ歩き、ビルの三階にある「サントリー・ザ・セラー」へ行った。まだ出来立てのカクテル・コンパだ。長いカウンターが曲がりくねっており、中で白ジャケット、黒の蝶ネクタイのバーテンたちがシェーカーを振っていた。私はマティーニを頼み、彼女はジンライムを頼んだ。

名前を聞いていなかったので尋ねると、「文学部のA・Y、四年」と答えた。いつもあのような掛け声をかけるのかと問われ、思わず声が出るのさと答えた。高校時代から、「昭和残侠伝」のスクリーンの高倉健に向かって、不良仲間と一緒に「ケンさん！」「ケンさん！」と声を掛けていた。池部良と連れ立ってのなぐり込みとなるや、健さんの「唐獅子牡丹」が館内いっぱいに響く、その瞬間の条件反射だった。

Aが紅テント（状況劇場）のストーリーを尋ねてくる。

「ストーリーなんか、気にしないんだよ。今、眼前で繰り広げられている状況だけを愉しむんだよ」と胡麻化し、「この世の、今どこに状況があるのか、どこにもないじゃないか。状況と云えるのはあの紅テントの中だけに存在するんだよ」とまた摩訶不思議なことを云った。「僕たちは何も考えていない。考えていない人間に状況なんて現れない。漠然と唯々諾々と生きているだけだ。だから、唐さんに今の日本の状況を教わりに行っているんだ」とまた煙に巻いた。私は自分の訳のわからぬ言葉に酔い始めていた。口調も唐に似ていっていた。

「状況って、何なの?」

「状況とはカオスから立ち上がった時に生まれるものなんだよ。四畳半の安アパートで、共同便所で、水道管から水がポタリポタリ、蛍光灯は息をしながら点滅している。湿気を帯びた万年布団、横にクリネックスのティシュの箱、即席ラーメンの袋が屑籠からあふれ出している。それはカオスなんだ。まだ状況ではない。動くこと、アジること、飛び回ること、走り回ること、狂うことから、やっと状況は生まれるんだ」、喋りながら頭の中はカオスだった。Aは何も分かっていないようだ。「よーし、一言で云おう。『もうこんな暮らしは嫌だァ!』と叫んだ時から、状況は始まるんだ」と見栄を切った。

頭の中を唐が唄う「夜鷹ソング」が駆け巡る。これはザ・ピーナッツの「恋のフーガ」である。

♪パヤッ　パヤッ　パヤッ　ドゥドビ
ドゥアー　ドゥドゥビドュアー　パヤァ

あの人の　あの人の後姿が　角をまがって遠くなる　もう振り向いてはくれないのね　ああ　はかなしあの夜　つかの間の色事♪

Aはやはり不可解な顔をしている。

「馬鹿だな、あるがままを愉しめと云っているんだよ。『論理はそう簡単にUターンすることはできません』」と、先ほどの劇中の台詞を使った。不満気なAと別れて、公園の中を叫びながら歩いた。

「錬金術はサン・ジェルマンに！錬眼術はメロ・ポンに！さーて錬肉術は誰にしよう」（唐の台詞）、急に田舎に帰りたくなった。

バカだなぁ、
あるがままに愉しめと
云ってるんだよ。
状況って
何なの？
yama

かくれんぼ

就職も決まり、卒論も出し、単位もほぼ取れた。吉祥寺ばかりに燻っていても仕方がない。久しぶりに新宿へ行く。東口を出て歌舞伎町へと歩く。アベックの少ない町だ。男同士が多い。T大やK大のハイカラー、膝までガクランの応援団諸兄が列をなして闊歩している。道端によける。

コマ劇場を過ぎて、区役所通り手前の狭い路地を右に入る。右にある木製の階段を登る。ここが「かくれんぼ」というBARだ。日活をやめた鈴木清順監督の奥さんが経営している。カウンターだけのお店で、最も奥の端っこに座る。映画関係者の多い店と聞いている。やはり日活組が多いという。長身の軍鶏のような眼をした頬骨の張った男が、私の二席左に連れの男と二人で座っている。真ん中には少しでっぷりとした六十歳代の男が、若く美しい和装の女性と陣取っている。男は俳優の柳永二郎と三島雅夫を混ぜたようなお顔立ちだ。夫婦ではないと読む。

心の中で、「秋山清に似ている…」と呟く、たしか「小倉の人だった…」とも思う。

団塊にとって、金子光春、吉本隆明、田村隆一、秋山は憧れの存在である。二人連れなので、あまりジロジロとは見られない。歳の差のある二人だ。お上さんではないと思うが、まるで女房のように気を使っている。時々、この女性と目が合う。周囲の視線を気にしている。

秋山らしき人物のしもぶくれの白い頬を見る。彼はずっと正面を向いて飲んでいる。女性が一方的に話しかけるだけで、億劫そうに「うん」とか、「ああ」とか気のない返事をしている。私もカウンターの正面を見つめる。まだ清順監督の奥様は来ていない。若いお手伝いの女性が物憂げにたばこを吸っている。この年に文学界新人賞候補になった鈴木いづみと云う作家の卵に似ている。目の周りの化粧が濃い、ま、別人だろう。

カウンターに置いてある店のトランプを借りて、カード占いをする。ジョーカーを外して、ダイヤ、ハート、スペード、クラブをすべて使う。最もカンタンな占いで、四枚づつ順に並べてタテ、ヨコ、斜めに同じ数字が来ればその二枚をただ外していく。すべて取れれば占いは当たる。五二枚中、残りが一〇枚以下なら、ほぼ当たりと見ていい。「秋山清かどうか」を占う。

カウンターの上に順次カードを並べていく。不思議なほどに、よく取れる。一組が取れると、連鎖して他も取れる。時々、横の四十歳代の二人がこちらに目をやるのがわかる。なんと、すべて取れてしまった。軍鶏の連れの男が「ほう」と声を上げた。彼は蓬髪で太宰治の顔を少しふっくらとさせたお顔だった。私はハイボールを二杯飲んで勘定をした。出かけに意を決して、秋山らしき人物にご挨拶をした。

「秋山先生でしょうか…」

着物の女性がすぐに「秋山です」と気取った声で代わりに答えた。「象の詩が好きです」と続けると、秋山先生はこちらを向いて莞爾とほほ笑んだ。「ありがとうございます」とまた女性が代わりに答えた。

秋山先生はほほ笑むだけで一言も発しなかった。

憧れのジイ様たち

二十歳の頃に、すで三十歳と云われていた。悪い気はしなかった、早く老人に成りたかったからだ。太宰治の二十七、八歳の頃の写真を見た。呆然と青ざめており、すでに五十歳代の域に達していた。あれほど芥川賞が欲しいと、佐藤春夫ほかにお願いしていた野心は感じなかった。枯れていると云っていいだろう。野心は生きて行く上には邪魔だ。枯れることは諦念であり、諦念は人の心を楽にさせる。老成に憧れた。

老成するには憧れのジイ様たちの生き方を追い求めるしかないと思った。男女の在り方は金子光春に、吉祥寺の成蹊大学近くに暮らしており、着流しで尻端折りをし、白のクレープのステテコ姿でヒョコヒョコと歩いていた。森三千代という老妻を連れていた。他の女性に会いにいくときは、脱脂綿とアルコール消毒液をもって会いに行ったと本で読んだ。オチャメで猥褻なジイ様だった。

映画は双葉十三郎に教わった。ペダンチッ

クで難解なものを認めず、大衆性のある分かりやすい物を評価していた。雑誌スクリーンの「ぼくの採点表」は必ずマークし、彼が☆四つを記した作品はすべて観ていた。評価軸をたくさん持ったジイ様だった。

麻雀は阿佐田哲也に教わった。阿佐田はよく中央線阿佐ヶ谷駅北口左の東南荘で打っていた。教わったといっても、直ではない。週刊大衆の「麻雀放浪記」からである。アパートの深夜、徹夜で積込みの稽古に明け暮れていた。

ＪＡＺＺは植草甚一に教わった。おかげで退屈だったモダンジャズにも身を委ねられるようになった。氏はよく新宿のＤＵＧに居た。つばの狭い小ハットを被り、上下異なる柄物の服で身を固めていた。ファッションはとて

も真似をできなかった。

文章は吉行淳之介に教わった。弥勒菩薩のような美しいお顔立ちで、いつもタートルネックの黒を着用していた。『驟雨』『原色の街』などを原稿用紙に引き写し、冒頭の入り方、登場人物の紹介、主人公と脇役の心模様、会話の表現、周辺の景色、点丸の打ち方、改行の仕方、場面転換などを自分なりに研究模倣させてもらった。

ファッションは古波藏保好に教わった。よく四谷市ヶ谷あたりを散策していた。やりすぎくらいダンディなお洒落だったが、見事に着こなしていた。簡単に言えば、映画『スティング』時代のファッションである。私が社会人になってハットを被るのは彼の影響だ。

詩は秋山清に教わった。よく新宿コマ劇場近くの『かくれんぼ』（鈴木清順監督の奥様の店）で妙齢の着物姿の美しいご婦人と飲んでいた。そばで飲めるだけで嬉しかった。あと一人、田村隆一にも教わった。長身のダンディで、トレンチコートが良く似合っていた。

当時のジジイたちに多くの物を頂いた。みんなとにかくカッコ良かった。早く歳を取り、あんなジイ様に成りたいと願っていた。あ、でも内田百閒の如きひねくれたジイ様も、いつもストリップ小屋の楽屋で裸の踊子たちを見つめている永井荷風のような狒々ジイ様も、小林秀雄のように友人の女性を奪うジイ様もいいなぁ、とも思っていた。

さらば、谷川

もうすぐ学生生活も終わる。

思い出せば、麻雀、結核、酒場の日々だった。雀荘は生活費のため、結核治療は保健所持ちであり、税金を使わせてしまった。酒場は大人になるための通過儀礼であり、修行の場だった。女性とはとんとご縁がなかった。

学生時代最後の思い出に「山独行」をすることにした。衝動的と云ってもいい。大学の山小屋「虹芝寮」が谷川岳の麓・芝倉沢にあり、久しぶりに行ってみたくなった。虹芝寮に「山の友に」という寮歌がある。

♪薪割り飯炊き小屋掃除　みんなみんなでやったっけ　雪解け水が冷たくて　苦労したことあったっけ　今では遠くみんな去り　友をしのんで仰ぐ空♪（作詞・戸田豊鉄）、私は大分県人だから、この歌の発想の基に広瀬淡窓の漢詩「君は川柳を汲め　我は薪を拾わん」があると思った。

谷川岳は冬は魔の山に変わるというが、それは壁をやる場合である。もちろん、壁をやるわけではない。大学の寮まで行き、もし行けるのなら雪の具合を見て、芝倉沢を登ろうかと考えていた。新宿駅から上越線土合駅まで行き、まず一ノ倉沢を目指す。曇天である。

途中、マチガ沢出合に出る。遠くに「トマノ耳」「オキノ耳」が見える。雪原となり、ここで一二刃のアイゼンを装着する。愛染かつらの「旅の夜風」を唄いながら歩を進める。

谷川岳の西黒尾根の見事なパノラマが広がる。一ノ倉沢出合に着く。沢は広大で厚い雪に覆われている。いつもながら白銀の見事な景色だ。壁をやる連中だろうか、沢を登っていく。衝立岩を狙うのだろう。幽ノ沢に着く。見上げると一ノ倉の頂が見える。標識に芝倉沢まであと二キロとあった。途中、道は二股となり、左に行けば大学の虹芝寮となる。寮

で昼食を摂り、熱いコーヒーを飲む。芝倉沢を見てから、行くか戻るかを考えることにした。歩き始めると、蓬沢から来たという男に出会った。蓬沢から先は雪道も荒れており、ひび割れも多いから行かぬ方がいいと云う。

水場も完全に凍っており、思案の末、もう少し進んでから引き返すことにした。アイゼンを再固定し、ピッケルをリュックから外す、ヘルメットの顎ひもを結わえ直し、手袋のリストをきつく締める。鎖場の鎖は雪に埋もれており使えない。アイゼンの蹴り込みと、ピッケルの突っ込みで、体のバランスを取り、小幅で慎重に慎重に進む。やっと、芝倉沢のとっかかりまで着いたが、左手の堅炭尾根までの雪の狭道を見上げて、諦めることにした。

少し雲行きがあやしくなった。茂倉岳にだけ挨拶をし、帰路に着いた。土合駅までの戻り道、♪山に初雪ふる頃に　帰らぬ人となった彼　二度と笑わぬ彼の顔　二度と聞えぬ彼の声♪（小さな日記）を唄いながら、就職すればもうなかなか来れないことを覚悟し、振り返り、振り返り駅に向かった。

山はいいなぁ、いつもいつも心の綻びを繕《つくろ》ってくれる。さらば谷川！また来る日まで。

お涙頂戴

私はウエットな曲が好きだ。

「さくら貝の歌」（作詞・土屋花情）、倍賞千恵子さんがよく唄っていた。もっと古いのでは「あざみの歌」（作詞・横井弘）、あの「イヨマンテの夜」を唄った伊藤久雄である。いずれも作曲は八洲秀章、戦前戦後の作曲家である。抒情的で哀愁があり、今が報われていない人々の心を打つ。東京で一人暮らしをしていると、どこか厭世的な気分に陥り、故郷に帰りたくなる。母の割烹着の胸に突っ伏して泣きたくなる。

前年（一九七〇年）、林静一がガロに「赤色エレジー」の連載を始めた。同棲している一郎と幸子の物語である。二十二歳の大学四年になっても、経験のない私にとって、一緒に居ても淋しい二人の生活さえ垂涎であり、憧れの青春だった。そばに愛する人が居ても、相寄り添っていても、体を交わしていても、どこか確固たるものはなく、砂上の楼閣で、別れがいつ来るかに怯えている。花吹雪の春に出会い、暑い夏に燃え上がり、秋の終わりに別れが来て、冬はまた一人せんべい布団に包まり呻いている。そんな辛い思いでもいいから、経験してみたかった。青春は一人では辛い、尾崎放哉ではないが「咳をしても一人」だ。されども二人でも寂しい。「赤色エレジー」にはそのことがよく描かれていた。人間と云う生きものは欲張りなものだ。どうなっても、こうなっても、一つ布団に寝ていても寂しいものなのか…。

後にあがた森魚が作詞し作曲した。八洲の曲に似ており、作曲は八洲となっている。「さくら」「あざみ」「赤色」と私は無意識のうちに、八洲の曲想に反応していた。吉祥寺の「ぐゎらん堂」の壁に林の絵が貼られていた。林の大正ロマン風の絵に憧れた。同時期に飛ばした横尾忠則や、宇野亜喜良、灘本唯人、伊坂芳太郎より、林の絵は私の心に甘い切なさを宿してくれた。

林が神保町のギャラリーで個展を開くことを聞いた。中央線の快速に乗らず、わざと鈍行でお茶の水駅まで行き、駿河台を下った。アテネ・フランセのモダンな美しいベレー帽のお嬢さんたちは男を引き連れて青春を謳歌していた。

ギャラリーに着くと、さすが若手人気作家だけあって、多くの客であふれていた。中央に少し長髪の鼻梁の細いハンサムな男がいた。林静一である。ノーブルでエレガントで中性的である。現代の竹久夢二と呼ばれたが、確かに夢二の切なさと甘さがあった。上梓ほやほやの「林静一画集」を求める。彼の横に中年の女性がにこやかに立っていた。林の母上らしい、楚々とした美しい人だった。サインをしてもらい、言葉を交わした。幸子は誰かは分からないが、一郎はまさに林自身であった。林と私の歳はあまり変わらないように見えた。二十代前半でもう世に出た男が眼前に居た。画集を胸にまたよろよろと駿河台に引き返し蹌踉《そうろう》と坂を登った。

今まで、女性との事はなくも無かった。思い返せば、なぜあの時、もっと度胸を出さなかったのか…。決まって「意気地が、ないのね」と云われ、すべては終わっていった。

男寛治、「お涙頂戴、ありがとう」である。

蛹は蝶に

いよいよ学生生活最後の正月。

就職前にいちど両親に顔を見せるべく帰省することにした。当時はまだ新幹線は新大阪までで、乗り換えの不便さを考えると時間がかかっても特急富士で帰る方が楽だった。夕刻東京駅を発つ。蚕棚の三段ベッドの最上段である。梯子で上に上がる分面倒ではあるが、最上段は天井が高く圧迫感がない。しかも、値段も多少安いのだ。幕の内弁当と缶ビールと、週刊誌を買い、カーテンをしめて籠る。


狭いが幼い頃から押入れの中が好きだった身にとっては妙に落ち着くのである。

明け方、下関、海底トンネルを抜けて小倉駅に着く。小倉までくればもう帰ってきたようなものである。日豊線に入り、行橋を過ぎ、吉富手前から右前方に八面山が見えてくる。胸が高鳴る、故郷のこころの山である。富士山より何より、幼い時からこの山を見て育った。見つめているだけでこころの傷がいやされた山である。

父がプラットホームで出迎えてくれた。父は直ぐに私の荷物を持つ。もう二十二歳の息子の荷物を持ってくれる。父から見れば、私はいまだ小僧なのであろう。パスとヒドラはまだ服用しているが、ストレプトマイシンはとうに終わったことを伝えた。父は私が幼い頃、肺結核に罹患しており、自分の菌が寫ったのであろうと気にしていた。その日は、父方の墓参りと、母方の墓参りへ行った。ご先祖様にやっと世に出ることを感謝し、これから頑張る覚悟を胸中で伝えた。

故郷のアーケード街を歩いていると、前方から赤ちゃんを抱いた若いママが歩いてきた。間違いなく、小学校時代から好きだったT子だった。そうかもう人妻になっていたのか。わざと見ないようにし、すれ違った。「カンちゃんじゃない」の声が背中でした。振り返り、まざまざと見つめ思い出せないフリをした。「T子よ」と云う。「T子…ああ、Tちゃんか」、下手な演技である。「帰っちょったん?」という。続けざまに「今、どうしちょん?」と畳み込む。「いやー、来月から社会人なんで、親に顔見せに帰ってきた」「どんな会社?」「いや、広告会社さ」「どんな仕事?」「新聞の広告を作ったり、ラジオやテレビのコマーシャルを作ったり」「シャレちょんね」「いや、化粧をしてるから、Tちゃんと分からんかった、ごめん」「Kちゃんと去年、所帯をもったんよ。一緒に苦労せんか、と言われて」と二年先輩の名を云った。「Kさんと…先輩はお元気ですか」「うーん、変わらずに遊び人よ」。赤ちゃんは女の子でKさん似の色の白い中高い顔をしていた。「美人になるね、名前は」「和歌子とつけたの」「いい名だね」といい、「Kさんによろしく」と云って別れた。しばらく歩いて振り返ると、T子も丁度振り向いたところだった。赤ちゃんの手をとり、バイバイをした。

さなぎの時代に惚れた娘が、美しい蝶々に変貌していた。もうこの町にしばらく帰ることはないだろうと思った。

断解の世代

堺屋太一氏が我々戦後のベビーブーマーを「団塊の世代」と例えたが、我々は決して団子の塊ではなかった。とくに地方出身学生は不器用で塊り方を知らなかった。

結束して何かやったわけでもなかった。東京の下宿で、何もない部屋でただ暗くふすぼっていただけだった。

打ち込むものがなくて、ヘルメットを着けて、口をタオルで覆って、駿河台カルチェラタンを下っても、手をつないでフランスデモをしても、みんな個であり、孤だった。

集団に溶け込めず、一人、ギターをつま弾いて、田舎の母や片思いの娘を思い、ただ涙に暮れていただけだった。映画やテレビドラマにあるような青春なんか、絵空事だった。

一九六九年一月、東大安田講堂は機動隊の手に落ちた。各大学の全共闘は乱れを生じ、内ゲバが始まり、四分五裂し、地下へと潜り始めた。七〇年安保は六〇年安保の兄貴たちに憧れた叛逆的ファッションだった。

夜中に「オールナイトニッポン」や「パックインミュージック」を聴き、学校には適当に出て、試験時期にはノートを借りまくり、地下の薄暗いJAZZ喫茶に籠り、雀荘で徹夜する。気脈を通じる友を作るではなし、「レッツ　イッツ　ビー」をニヒルなあるがままと解して生きていた。

小川ローザのCMで云う「オー、モーレ

ッ！」な社会に出ていくことを恐れていた。団塊なんて、みんな惨めなもので、髪を肩まで伸ばし、フレアードのジーパンをはき、体制に馴化されないぞと肩で風を切っていても、心は空虚な輩だった。

アメリカン・ニューシネマの「真夜中のカーボーイ」（J・シュレシンジャー監督）でダスティン・ホフマンが演じたラッツオ（ねずみ男）みたいなものだ。とくに地方出身団塊は方言なまりを見破られまいと無口になり、ますますニヒルになり、孤独の穴倉の中に引きこもっていた。

団塊が本当に時代をリードしたのか、下の世代は団塊の後を行く自分たちは損なくじを引いたというが、団塊なんて張子の虎、紙相撲の関取、からっきし意気地なく、木枯紋次郎のごとく虚無主義を演じていただけである。せいぜい神田川沿いの安アパートで、地方出身女子学生と同棲し、青い肌を温めあい、新婚夫婦ごっこをし、あげくは婦人科に彼女を伴い、中絶させてきた。

一九七〇年十一月、三島由紀夫が市ヶ谷の自衛隊東部方面総監部で割腹自決した。彼は国に命を懸けたが、国民も自衛隊も何も変わらなかった。巷にはすてばちな唄が流行っていた。藤圭子「圭子の夢は夜ひらく」、北原ミレイ「ざんげの値打ちもない」。自分を不幸の中心において、悦に入っていただけだ。親の仕送りの下で、大学に通いながら、体制批判に口をとがらせ、ニヒルを気取り、二十歳で俺たちの時代は終わった、と見得を切り、女と酒と麻雀、パチンコに淫していただけである。地方団塊は東京という街に負けた。そこはとんでもない富裕層の暮らす街だった。どんなに努力しても、生涯追いつくことのできない諦念だけは悟った。ストやデモで時代が変わるとも、維新ができるとも微塵も思っていなかった。

田舎町の場末の飲み屋街の路地の奥で育った私は、アル中や、かけおち者や、妾や、金貸しや、色と金にあからさまな大人たちを幼い頃から見ていた。哀しいことに人間という生きものを信じていなかった。人間はコロコロ変わる。朝、善良な良い人でも、夕刻には悪い人に変貌している。あさましく浅はかなものだ。学生運動は蟷螂之斧と見切っていた。デモで共に腕を組み、インターナショナルを唄おうとも、所詮は「流れ解散」、強く太い絆などはできなかった。

若気の至りは四年になると顕著に現れた。進級し、ひさびさ学校に出ると、要領のいい奴から短髪七三に分け、就職を決めていた。みな感じの良い優等生に変身し、学生運動の素ぶりも見せなかった。すべては青春の瘧（オコリ）、リビドー、熱病の強く激しかった者たちから、国家公務員上級や大企業に職を得ていた。

団塊とは大きな塊ではない、同じではない。それぞれニヒルなポーズをとり、クールを演じたバラバラの実は「断解」で、よく言えばミーイズム、個人主義の始まりの世代だった。筋を通したのは、職を得ずに、プータローとなり、サニーサイドを歩かず、生涯ダークサイド、日陰の道を歩き続けている奴らだ。彼らは本物だった。

団塊とは「ニヒリスト」の集団である。よって私は団塊を「断解」と言い換えたい。

あれから五〇年、皆、古希を越えた。もう彼岸の方が近い。

あとがき

田舎町を出て、親の脛をかじって過ごした怠惰な学生の大学四年間のお話です。当時の地方出身者は中央線沿線で同棲生活をはじめ、壁の薄いアパートで肌を温めあっていた。概ねは就職と同時にその同棲にケリをつけ、他人となって人生を渡っていた。今どこでどうしているのやら。結婚はしたのだろうか、子は授かったのだろうか、孫は抱けたのだろうか、在りし日のいろいろのことが思い出される。

東京といっても、主に吉祥寺、三鷹、井の頭の思い出である。もう友の幾人かは川を渡った。逐電していった者、何回も離婚を繰り返している者、早くに自殺した奴、同じく事故死した奴、何回も中絶を繰り返えしたあの子、功成り名を遂げた奴、大企業で専務まで張った奴、愛人になっているあいつ、極道になり左の指が二本ない奴、とまれ今生がどうあれ、どうせいつかは帰《けり》はつく。その日まで、どっこいしょと生きていきましょう。

拙作は福岡の月刊誌「ぐらんざ」に中洲次郎名で発表した十年分のエッセイから、八十本を選んでまとめたものです。懺悔の気持をもって、本名でこの恥多き青春を晒しました。

上梓にあたり、私に学生時代を与えてくれた今は亡き父母と、ぐらんざ副編集長の山崎智子さん、弦書房の小野静男代表に衷心より御礼を申し上げます。

二〇二〇年四月記　　矢野寛治

装丁＝毛利一枝
挿絵＝山下安義
カバー題字＝矢野りゝ子

〈著者略歴〉

矢野寛治（やの・かんじ）

一九四八年（昭和二十三年）、大分県中津市生まれ。成蹊大学経済学部卒。博報堂ＯＢ。元・福岡コピーライターズクラブ理事長。西日本新聞を中心にエッセイ、コラム、映画評、書評を執筆。ＲＫＢ放送「今日感テレビ」コメンテーターを一〇年、ＲＫＢラジオ「週刊ぐらんざ」パーソナリティを二年担当。西日本新聞大分版に「ヤノカンのキネマと文学」、月刊誌「ぐらんざ」に、「ハットをかざして」を連載中。

著書『ふつうのコピーライター』（共著、宣伝会議）、『なりきり映画考』（書肆侃侃房）、『団塊少年』（筆名・中洲次郎、書肆侃侃房）、『伊藤野枝と代準介』（弦書房、二〇一四年度地方出版文化功労賞奨励賞）『反戦映画からの声　あの時代に戻らないために』（弦書房）。福岡市在住。

「日本文藝家協会」会員。

団塊《だんかい》ボーイの東京《とうきょう》　1967─1971

二〇二〇年　五　月三〇日発行

著　者　矢野寛治《やのかんじ》
発行者　小野静男
発行所　株式会社　弦書房
（〒８１０・００４１）
福岡市中央区大名二─二─四三
ＥＬＫ大名ビル三〇一
電　話　〇九二・七二六・九八八五
ＦＡＸ　〇九二・七二六・九八八六

組版・製作　合同会社キヅキブックス
印刷・製本　シナノ書籍印刷株式会社

落丁・乱丁の本はお取り替えします。

ISBN978-4-86329-204-8 C0095
JASRAC 出 2002389-001

◆弦書房の本

伊藤野枝と代準介《だいじゅんすけ》

【第27回地方出版文化功労賞 奨励賞】

矢野寛治 新資料「牟田乃落穂」から甦る伊藤野枝と育ての親・代準介の実像。同時代を生きた大杉栄、辻潤、頭山満らの素顔にも迫る。大杉栄、伊藤野枝研究者必読の書。〈A5判・250頁〉【3刷】2100円

反戦映画からの声

あの時代に戻らないために

矢野寛治 映画は活字とは違ったリアルさで戦前・戦中・戦後の実相を映し出す。映像に刻まれた人々の苦悩が、戦争の記憶を物語る。世代をこえて、平和を守る覚悟を新たにする、もう一度見ておきたい反戦映画42本。〈A5判・220頁〉1900円

集団就職

高度経済成長を支えた金の卵たち

澤宮優 「働く」ことの根源を考える――戦後復興から高度経済成長にかけての昭和30〜50年代ごろ、集団就職という社会現象が存在した。その集団就職の実態を、体験者たちへのインタビューから明らかにし、市井の昭和史をつづる。【2刷】〈四六判・264頁〉2000円

松田優作と七人の作家たち

「探偵物語」のミステリ

李建志 TVドラマ「探偵物語」の魅力の真相に迫る。一九七九年〜八〇年という時代と松田優作が語りかけようとしたものは何か。そのミステリを個性豊かな脚本から解き明かそうと試みた一冊。〈四六判・272頁〉2200円

石牟礼道子全歌集 海と空のあいだに

解説・前山光則 〈水底の墓に刻める線描きの蓮や一輪残夢童女よ〉など一九四三〜二〇一五年に詠まれた未発表短歌含む六七〇余首を集成。「その全容がこれほどにも豊饒かつ絢爛であることに驚く」(齊藤愼爾評)。◆石牟礼文学の出発点〈A5判・330頁〉2600円

＊表示価格は税別